KB003481

낮은 창문 앞에 서다

고원영 글·사진

지유
서사

서울 사람의 고향은 어디일까. 오랜 서울살이에도 불구하고 거대 도시에 잘 적응하지 못하고 이방인인 양 고독하고 불안한 까닭은 왤까. 서울 토박이면서도 늘 고향이 부재한다고 느꼈던 저자는 어느 산책길에서 '공평도시유적전시관'을 발견한다. 센트로폴리스라는 거대 빌딩을 지으려 터 파기하다가 발굴된 16세기 조선시대의 유적과 대면한 것. 저자는 옛 골목길과 집터를 보고는 고향에 대한 지금까지의 인식이 잘 못된 것임을 깨닫는다. 고향은 공간보다는 시간을 통해 접근할 수 있는 세계였다. 이 책은 도시를 방황해온 저자가 뒤늦게야 고향을 찾아가는 여정이라고도 할 수 있다.

저자는 나뭇잎 묘지(2020년 장편소설), 골목길 카프카(2019년 에세이), 그대가 아프니 밥을 굶는다(2018년 에세이), 저 절로 가는 길(2015년 에세이), 나뭇잎 병사(2010년 장편소설)를 썼다.

고 원 영

일러두기 :

1. 이 책은 저자가 서울의 사대문 안, 북촌과 서촌에 임의로 거주하면서 겪은 일들을 토대로 만들었다. 저자는 현대인이 구축한 촘촘한 질서와 냉정한 사고방식에서 벗어나고자 옛 골목길을 걷는다. 저자는 고전 속에 길이 있다는 믿음의 소유자인 것이다.

2. PART1과 PART2에 삽입한 70여 장의 사진은 글과 마찬가지로 그에 대한 소소한 기록이다.

3. 그뿐 아니라 저자는 정치1번지 광화문에서 목격한 가장 충격적인 사건을 기록으로 남긴다. '태극기부대'의 소요사태가 그것이다. PART4에서 저자는 일종의 실화소설의 형식을 빌어 광화문 소요에 참여한 사람들의 면면을 이야기한다.

작가의 말

　서울에 관한 이야기는 많다. 무작정 서울에 상경했다거나, 서울에 잘 정착하지 못해 곤경을 치렀다거나, 아예 서울에 진입조차 못해 십수년째 변두리에 살아야 했다는 이야기…….
조세희의 '난쟁이가 쏘아 올린 작은 공'처럼 서울의 재개발지역에 살다가 쫓겨났다는 이야기도 있다. 반면, 서울살이의 고독과 불안을 견뎌내고 잘 정착했다는 성공담이 있는가 하면, 서울 속의 서울, 저 강 건너 피안의 세계인 강남 아파트에 살고 있다는, 거의 신화에 가까운 이야기도 있다.
　나는 어떠한가. 오랜 서울살이에도 불구하고 거대 도시 서울에 적응하지 못해 이방인 양 거리를 떠돌고 있다. 명절 때면 으레 자동차들로 꽉 막힌 고속도로를 비추면서 뉴스가 시작된다. 그처럼 더딘 시간을 통과한 사람들이 마침내 고향의 북적거림에 합류하는 모습과 달리, 서울의 거리는 유난히 한가하다. 그때 나는 창밖을 내다보거나 거리를 걷다가 홀로 중얼거린다. 내겐 왜 고향이 없지? 서울 토박이면서 그때면 늘 고향이 부재한다고 생각하는 것이다.

오래전부터 나는 그 부재에 대해 쓰고 싶었지만, 막상 어디서부터 시작해야 할지 망설였다. 서울 태생이건 아니건, 어차피 서울이란 어울려 살아가는 사람의 공동체인데, 굳이 경계를 긋는 일은 아닐까. 내가 서울 사람이라서 고독한 게 아니라, 공동체와 연대하기 어려운 삶을 살았기 때문이 아닐까란, 반성에 가까운 생각도 해본다.

그러던 어느 날이었다. 종로 센트로폴리스 곁을 지나다 '공평도시유적전시관'을 발견했다. 센트로폴리스를 짓기 이전에 공평빌딩이 있었고, 그 이전에는 공무원 입시 전문학원인 공평학원이 있던 자리다. 2015년, 공평빌딩을 헐고 터파기하다가 발굴된 16세기 조선시대 유물과 유적을 보전하느라 센트로폴리스 지하에 유적전시관이 들어선 것이었다. 안으로 들어가자 강화유리로 바닥을 깔고, 그 유리 너머로 옛 골목길과 집터가 보였다. 유리를 밟고 지나면서 발아래 펼쳐진 과거 세계를 구경할 수 있는 기묘한 구조였다. 철계단을 밟고 조심스레 아래로 내려가 골목길에 진입하면서 조선시대에 살던 조상들 곁에 더 가까이 합류할 수 있었다. 골목길에 난 집터를 기웃거리자 내가 그토록 그리워했던 고향에 온 기분이었다. 서울 사람의 고향은 바로 서울의 땅속이 아닐까.

고층 아파트와 유리건물이 내려다보는 서울의 땅, 그 땅속으로 들어가면 멀리 삼국시대부터 고려시대 남경(南京), 조선을 개국하면서 새로이 천도된 한양(漢陽), 열강의 틈바구니에서 살아남으려고 발버둥 치다 일본에 합병된 대한제국의 흔적이 남아있다.

땅 위에서는 빠르게 흔적 지우기가 진행됐다. 임진왜란과 병자호란, 이괄의 난과 임오군란으로 이어진 전란 때문만이 아니다. 일제강점기 때는 의도적인 흔적 지우기, 박정희·이명박 때는 산업화와 천박한 자본주의로 인한 흔적 지우기가 조상과 후손의 간격을 멀리 떼어놓았다. 서울 사람들 모두가 소유했던 피맛골을 지워버리고 단지 기억으로만 희미하게 남도록 한 책임을 누구에게 물어야 하나.

모든 것이 너무 과도하게 파괴됐다. 서울의 문화유산을 되살리기엔 너무 늦었는지 모른다. 도서관이나 헌책방, 개개인의 서재를 뒤져 서울의 역사지리서와 세시풍속기라도 찾아내 역사를 재구성해야 한다고 주장하는 사람도 있다. 물론 나는 그런 거창한 작업을 수행하기에 적합한 사람이 아니다.

고향에 가고 싶다. 센트로폴리스 지하전시관에서 나는 깨달았다. 고향이란 공간보다는 시간을 통해 접근할 수 있는 세계라는 것을. 어떤 사람은 고향에 가기 위해 고속도로 위에서 공간적 거리를 좁히려 애를 쓴다. 나는 시간을 좁히고자 한다. 역사적 상상력까진 어렵겠지만, 내 소소하고 자유로운 글쓰기로 현재와 과거를 넘나들려고 한다. 단지 서울에 사는 사람이 아니라, 서울을 증언하는 사람으로 살고 싶은 것이다.

2020년 11월 7일 신교동에서
고원영 쓰다

낮은 창문이 사라지면서
우리는 고독해지기 시작했다.

차 례

PART 1. 옛길에 빠지다

PART 2. 카메라에 담긴 생각

PART 3. 글의 풍경

PART 4. 광화문으로 가는 일곱 갈래 길

PART 1

옛길에 빠지다

너를 기다리다가 백 년이 지났다. 어둠은, 구불구불한 골목을 지나오면서 물빛으로 풀렸다. 막다른 골목집, 백 년 전부터 닫혀 있는 대문, 시린 밤공기를 땅에 박고 전봇대로 나는 섰다. 외등을 켜고 대문에 귀 기울인다. 추억은 너를 닮아 기척 없는데 빨래 소리만 이따금 환하다.

감고당 길

종로 안국동에는 감고당이란 집이 있었다. 지금은 없다.
다만, 감고당을 회고하는 길이 있어 감고당 길이다.

감고당 길

종로 안국동에는 감고당(感古堂)이란 집이 있었다. 지금은 없다. 다만, 감고당을 회고하는 길이 있어 감고당 길이다.

숙종이 인현왕후의 친정을 보살피려 지어준 집이다. 왕후의 부친 민유중이 성은에 감읍했으나 오래가지 않았다. 여식 인현왕후가 궁궐에서 쫓겨나 6년 동안이나 머물렀던 것이다. 대대로 민 씨가 살았으며, 훗날 인현왕후 민씨와 동성동본(同姓同本)인 명성황후 민씨도 그 집에서 왕비로 책봉된다.

감고(感古). 옛날을 생각하란 뜻이란다. 감고당이라 부르기 시작한 것은 숙종의 아들 영조 때다. 영조가 감고당이란 편액을 써서 안동 집에 하사하자 정식 당호가 생겼다. 기사환국에 연루돼 인현왕후가 쫓겨난 일을 잊지 말라는 뜻을 담았겠지만, 나는 어쩐지 느낄 감(感)으로 이해하고 싶다. 영조의 뜻이야 어쨌든, 나로선 왠지 두 여인 사이의 시간이 빚어낸 이름이라 여겨지기 때문이다. 솟을대문에 걸린 감고당 현판을 처음 보는 순간 민비는 어쩌면 기쁨보다는 불안이 세 글자를 타고 꿈틀거리는 기분이었는지 모른다. 얼굴 한번 본 적 없는 사이지만, 몸에 흐르는 피가 조상의 핍진한 삶을 알아챈다. 작자

미상의 소설 인현왕후전을 통해 엿본 조상의 삶, 그 흔적이 어떻게 남아있는지 민비는 유심히 내당과 안채를 두루 살펴보았을 것이다. 좀 더 시간이 흐르면서 부엌에 걸린 국자, 다락방이나 반닫이 뒤에서 우연히 찾아낸 동경(銅鏡)이나 녹슨 바늘, 툇마루에 내리 쌓인 오래된 햇살을 통해 인현왕후의 아득한 슬픔을 감지했으리라. 웬일인지 내 머릿속에서 인현왕후가 기댔던 감고당 문설주에 민비도 기대어 깊은 한숨을 쉬는 모습이 아른거린다. 두 여자의 슬픔이 그렇게 포개졌으리라 상상하는 것이다.

여자는 느낌으로 산다고 한다. 그 말이 옳다면 나는 다른 세상에서는 여자로 태어나련다. 둔감한 나는 느낌의 세계를 항상 동경하고 있기 때문이다. 지식과 정보가 축적된 이성과 달리 느낌은 그 존재부터가 가볍다. 산에서 약수를 마시거나 무료 영화를 보는 기분이다. 새나 잠자리가 잠시 앉았다가 날아간 자리 같다. 바람과 비슷하다. 어쩌면 부재(不在)에 가깝다. 감고당은 그래서 길만 남고 집이 사라졌는지 모른다. 물론 그 사라진 자리에서 느낌은 더욱 짙어졌다.

나는 자주 감고당 길을 산책한다. 일부러 저녁 무렵을 택해 걷는다. 그중 덕성여고와 옛 풍문여고 사이로 난 돌담길을 걷

는다. 그 길은 감고당 길과 윤보선 길을 가로지르는 좁다란 골목길이다. 담장이 길어선지 그 길을 지날 때면 두 사람이 걸어도 이상하게 입을 꾹 다물게 된다. 길 한 귀퉁이에서 〈된장찌개〉라는 식당 입간판이 나타나는데, 늘 마주치지만 어쩐지 불가해한 세계를 가리키는 이정표처럼 보인다. 사람이 잘 다니지 않는 길이고, 그런 길이라서 사람들이 더더욱 발길을 꺼린다. 어둠이 짙어지기 전에 외등에 불이 들어오길 다행이다. 어둠이 갑작스레 감고당 길을 장악하면 한순간 미로에 빠져 길을 잃을지도 모른다. 덕성여고 담장 위로 솟아오른 나무들에 깃들어 새들이 지저귄다. 곧 울울한 나뭇잎들이 하늘을 덮으며 날이 어두워지리란 것을 예고하는 것이다. 그즈음, 골목길 끝에서 바이올린 켜는 소리가 들려온다. 새소리에 정신이 팔려 듣지 못했던 소리다. 보나 마나 감고당 길에서 바이올린을 켜서 돈을 버는 청년이겠지. 작년 겨울 시린 손에 벙어리장갑을 끼고 현을 켜는 청년을 처음 보았다. 잘생긴 얼굴이지만 눈

밑에 깨알만 한 점이 박혀 있었다. 그 때문에 전생이 궁중 악사였을지 모른다는, 밑도 끝도 없는 생각을 했다. 현악기 소리에 빨려가듯 누가 내 곁을 지난다. 어제도, 그제도 봤던, 노란 티셔츠를 입은 여자다. 인현왕후나 명성황후가 여전히 이승을 떠나지 않고 감고당 길을 떠도는 것은 아닐까.

낮과 밤이 교차하는 감고당 길을 걸으면, 현재와 과거의 경계가 불분명해진다. 눈에 보이는 않는 과거는 뚜렷해지고, 눈에 보이는 현재는 지극히 모호해진다.

영원한 재귀

비를 품은 구름이 조만간 유리창으로 다가올 기미다. 빗방울이 흐린 하늘에
떠도는 잠자리 날개를 스치고 떨어지면 우산을 쓰고 골목길로 나서야겠다.

영원한 재귀

어떤 선지식이 깨달음을 얻은 숲이 있었다. 수년 동안 거리를 방황한 한 수행자는 소식을 듣고 곧바로 그 숲을 찾아갔다가 커다란 실망을 안고 되돌아 나왔다. 어디서나 볼 수 있는 초라한 숲이었던 것이다. 햇살은 짧았고, 바람 소리는 낮았다. 새들도 잘 날아오지 않아 적막하기 짝이 없는 숲이었다. 깨달음을 얻었다는 소문은 거짓말 같았다. 그러나 나중에야 수행자는 알았다. 숲을 대면하는 방식이 틀렸다는 것을.

서산 연암산 천장사는 근대불교를 대표하는 경허 스님이 오래 머무른 절이다. 최인호의 소설 '길 없는 길'로도 널리 알려진 그 절에서 조금 벗어나 숲으로 가면, 경허의 제자 혜월이 깨달았다는 동굴이 나온다. 막상 가보니 작고 초라한 토굴이었다. 순례자들이 그 안에 들어가려고 애쓰지만 왜소한 사람만의 몫이었다. 덩치 큰 남자들은 굴 앞에서 어정쩡한 자세로 서 있어야 했다.

싯다르타가 크게 깨달은 곳은 네란자라 강가의 보리수 아래다. 그 나무 아래서 수행자 싯다르타는 오랜 고행 끝에 부처가 됐다. 그 나무도 여느 보리수와 다름없는 모습이었으리라고 나는 짐작한다. 깨달음의 순간 동쪽 하늘에 뜬 별 하나가 유난히 반짝거렸다고 경전은 기록하지만, 별이야 어느 하늘에도 떠 있고, 반짝임이야 그날따라 날씨가 유독 맑았기 때문은 아니었을까.

여행지에 도착한 어떤 사람은 꽃이 피지 않았네, 눈이 쌓이지 않았네, 보고 싶은 풍경이 아니라고 투덜거린다. 자연이 수시로 변하는 생명체란 사실은 안중에 없다. 대단한 풍경을 예고했던 여행사 직원은 난처한 표정을 짓는다. 더 많은 풍경을 봐야 한다는 강박에 여행지에서 더 바빠지는 사람도 있다.

얼마 전에 나는 안국동 감고당 길을 걸었다. 이름 그대로 옛 것을 느끼는 기분으로 걸었다. 새소리는 신라의 월궁, 기나긴 담장을 넘어 들려왔고, 담장 끝에서 바이올린을 켜는 젊은이는 어쩐지 비의(悲意)를 품은 조선시대 궁중 악사처럼 보였다. 담장이 드리운 그늘이 깊어 조금이라도 내리막길로 향하면 까무룩 지하세계에 닿을 것 같았다.

또 얼마 전에는 견지동

조계사 앞을 지났다. 절이 온통 불빛으로 휘황했다. 센 불빛에 대웅전이 타버릴 듯 위태로웠다. 천연보호수인 회화나무는 전깃줄에 칭칭 감긴 채 주렁주렁 매달린 전구알의 뜨거운 온도를 견뎌내고 있었다. 그렇게 뜬눈으로 밤을 지새운 지 오래일 것이었다. 조선시대 내내 숭유억불을 견지했기에 사대문 안에 절을 짓기란 꿈에서나 가능했다. 조계사는 증산도 계열의 보천교가 있던 자리에 세운 절이다. 불과 80년 남짓인 절을 성역화 불사란 명목으로 들쑤시지만, 내 눈에는 원대한 허구가 서울 한복판에서 공사를 앞둔 것처럼 보인다.

조계사가 성역화되면 더 많은 사람이 깨달을까? 길을 막고 물어볼 필요도 없다. 그렇지 않으리란 건 조계사 승려들이 더

잘 알 것이다. 조계사 앞을 지날 때마다 마음이 바빠져서 나도 모르게 걸음을 재촉하게 된다. 조계사는 젊은 내가 쉬어갔던 절이다. 나는 자주 회화나무 그늘에 앉아있었다. 그 무렵 내 사

유는 어설펐으나 겉으로 보기엔 베르테르를 닮았는지도 모른다. 한물간 연예인일지라도 지난 시절만큼은 행복하기 마련이다. 그런데 이걸 어쩌나. 내게도 조금은 남아있는 애틋한 행복을 회화나무에 매달린 전구알이, 성역화 불사가 앗아가는 느낌이니.

비를 품은 구름이 조만간 유리창으로 다가올 기미다. 빗방울이 흐린 하늘에 떠도는 잠자리 날개를 스치고 떨어지면 우산을 쓰고 골목길로 나서야겠다. 한남권번 출신 박녹주를 찾아 익선동으로 갈 생각이다. 천둥이나 번개가 쳐도 아무런 동요 없이 걸어갈 자신이 있다. 깊은 숙성에 혀가 오므라드는 소주, 오래 묵었지만 가벼워서 멀리 퍼져가는 향, 시대를 초월하는 고전 소설이 나를 사로잡는다. 요컨대 나는 현재와 더불어 과거가 살아서 꿈틀거리는 현상을 즐기는 취향이다. 길을 걷다가 내 부주의한 발이 남의 집에서 내놓은 화분을 걷어차도 우연은 아니다. 이미 수백 년 전에도 비슷한 일이 서울의 골목길에서 벌어졌다.

나는 '영원한 재귀(再歸)'를 믿는다.

궁 속의 궁, 건청궁

가보니, 듣던 대로 궁궐이라기보다 사대부의 거처에 가까웠다.
고종 부부는 왜 그렇게 오래 건청궁을 떠나지 못했을까.

궁 속의 궁, 건청궁

감고당을 통해 민비의 삶을 추고했으나 정작 그녀가 오래 거주한 경복궁을 눈여겨본 적은 한 번도 없었다.

신무문을 통해 경복궁으로 들어갔다. 명성황후 민자영이 최후를 보낸 건청궁(乾淸宮)에서 가장 가까운 문이었다.

건청궁, 경복궁에 있는 또 다른 궁이다. 흥선대원군이 막대한 국고를 쏟아부어 경복궁을 중건했는데도 고종 부부는 굳이 외전과 내전에서 멀리 떨어진 곳에 건청궁을 따로 지었다. 경복궁에서 북쪽으로 깊숙이 들어간 곳, 딱하게도 후궁들의 거처였던 자리를 거주지로 삼았다. 대원군의 간섭을 조금이라도 배제하려는 의도였단다.

그렇다고 부부가 그 작은 집에서 알콩달콩 사랑을 나눈 것도 아니다. 고종은 역대 왕들처럼 바람기가 심했고, 민비는 질투와 견제의 차원을 넘어 고종과 관계한 여자들에게 호되게 벌을 내리곤 했다. 질투는 칠거지악이었지만 왕의 위세에 못하지 않았기에 성은을 입어 자녀까지 생산한 후궁들을 궐 밖에 내치기도 했다. 매천야록은 귀인 장 씨가 훗날 의친왕이 되는 이강을 낳자, 민비가 칼을 들고 찾아가 장씨의 거웃을 잘라버렸다고 적고 있다. 장씨는 평생 제대로 걷지도 못하는 장애인으로 살다가 죽었다고 한다. 사실여부와 관계없이 민비의 질투를 짐작할 수 있는데, 그 때문에 민비가 고종의 책망을 들었다는 대목은 어디에도 없다. 고종이 민비에 정치력에 기댈 수밖에 없는 처지였기에 가능한 일이었다. 어쨌든 한 나라의 왕과 왕비가 국가 재정이 아닌 사비(내탕금)를 들여 궁 속의 궁에서 집권했다는 사실에서 우리나라 근대사의 치부를 엿볼 수 있다.

고종은 아버지 흥선대원군에게서 독립했지만 왕으로서의 능력을 입증하지 못하고 왕비에 의존함으로써 세습 체제의 한계를 드러냈다. 일본은 친러시아 정책을 펴는 실권자 민비를 살해하기로 주도면밀하게 계획하고는 1895년 실행에 옮긴다. 일본인 공사 미우라가 '여우 사냥'이란 이름으로 극비 작전을 전개한 것이 을미사변이다. 고종을 끌어내리려는 정변으로 위장하려 대원군과 훈련대를 앞세워 경복궁에 입성했는데, 그 사이 일본인 외교관, 언론사 간부, 군인, 경찰, 낭인이라 부른 사내들도 다른 경로로 잠입한다. 그중 낭인들은 건청궁 곤령합(坤寧閤)에 난입해 민비를 일본도로 시해한다. 10월 8일, 날이 훤히 개었을 때다. 낭인들이 민비의 시신을 욕보였다느니, 근처 숲속에서 불태워버렸다느니, 아직도 그때의 정황이 분분하다. 민비를 수행한 궁녀들과 궁에서 숙직한 러시아인과 미국인 교관이 현장을 목격했지만, 가해자 일본은 그와 관련한 기록들을 신속히 은폐하고 파기했다.

가보니, 듣던 대로 궁궐이라기보다 사대부의 거처에 가까웠다. 고종 부부는 왜 그렇게 오래 건청궁을 떠나지 못했을까. 조선의 다른 왕보다 고종이 무능했기 때문이라고만 여겨지지는 않는다. 그보다는 시대의 소임을 감당할 능력이 부쳤기 때문이 아니었을까. 시대는 민비와 대원군에게도 벅찼다. 당대의 권력자 모두가 급변하는 시대 너머를 바라보지 못했던 것이다. 개인의 비운이 역사의 비운으로 직결될 만큼 국가가 공고하지 못한 시대였다. 그러나 그들만의 문제였을까.

중국의 계몽 지식인 량치차오는 1907년 쓴 〈아! 한국, 아! 한국 황제, 아! 한국 국민〉이라는 글에서 고종과 집권세력뿐 아니라, 백성들이 어떻게 나라를 망쳤는지 언급하고 있다.

"한국 인민이 어떻게 한국을 망하게 했는가. 한국 인민은 양반 관리들을 마치 호랑이처럼 두려워하여, 미천한 관직이라도 더없는 영광으로 여겼다. 조정에 벼슬하는 자는 오직 사당(私黨)을 키워 서로 끌어주고 서로 밀치며, 자기 자신만 알고 국가가 있음은 몰랐다. 그 일반 백성은 국사(國事)를 자신과 아무 관계 없는 것으로 여기고 줄곧 정치 분야에 관심을 기울이지 않았으며, 오직 위에서 은택을 베풀기만 바랐다. 권세와 이익에만 우르르 달려들어, 외국 사람이라도 나라 안에 세력이 있는 자를 보면 숭배라는 말이 부족할 정도였다. 한국에 이러한 인민이 있음으로 인해 한국은 마침내 망했다."

량치차오의 글로부터 113년이 흘렀다. 우리는 거기서 얼마나 더 나아갔을까. 촛불로 무능한 대통령을 탄핵하고 나라의 리더를 새로 뽑은 게 불과 3년 전이다. 다시 전환기에 선 우리는 과연 113년 전의 불편한 진실을 받아들이고 다시는 되풀이하지 않을 마음의 준비가 돼 있을까. 혹시 113년과 지금이 별 차이 없지는 않을까.

궁 속에 궁. 가족 해체가 국가의 해체로 이어진 모습을 여실히 본 느낌이라 건청궁을 다녀와서 그리 마음이 편안하지 않았다.

장희빈 신주를 모신 칠궁

아들을 낳은 후궁, 그 아들이 왕이 된 일곱 후궁을 모신 사당이 청와대 옆에 있다. 궁정동에 있는 칠궁(七宮)이다.

장희빈 신주를 모신 칠궁

조선왕조실록에 '미인'으로 표현된 여자는 단둘이었다고 한다. 양녕대군 첩 어리와 숙종의 비 장옥정. 사관은 어떻게 생겼다는 묘사도 없이 미인이라는 고유명사로만 두 여인을 언급했다. 특히 사간들이 장희빈을 언급한 상소가 눈에 띈다.

'사간원의 한성우가 궁인 장 씨를 염려하여 왕에게 미인을 경계하라는 상소를 올렸다.(숙종실록 1686년 12월 14일)'

실록을 집필한 사관의 엄정한 글쓰기를 보건대 희빈 장 씨, 장옥정의 미모를 짐작하고 남음이 있다.

역대 조선의 궁에는 수천 명의 궁녀가 살았다. 궁녀는 크게 상궁과 나인으로 분류했는데, 나인 아래에도 몸종인 방자, 밥하는 취반비, 물 긷는 무수리, 청소하는 파지가 있었다. 모두 왕실의 종이었다. 특히 궁의 정점인 왕을 보필하기 위해 묵시적으로 왕과 계약결혼한 사이였다. 영조의 어머니 최 숙빈은 무수리 신분으로 실제로 왕과 몸을 섞기까지 했다. 그런 사례를 '승은(承恩)을 입었다'고 표현했다.

왕은 궁에 거주하는 모든 여자를 섭렵할 수 있었다. 왕세자 양녕대군은 한술 더 떠 궁 바깥의 여자와도 교접했다. 신료 곽선의 첩 어리를 겁탈했고, 궁녀로 변복시켜 궁 안에서 아이를 배게 했다. 태종은 세자의 신중하지 못한 처신에 분노하여 폐위를 명하였다. 그러자 양녕이 편지를 올렸다.

'전하의 시녀는 다 궁중에 들였는데, 그것이 모두 신중하게 생각하여 들인 것입니까? 신은 앞으로도 음악과 여색에 쏠리는 마음을 참을 생각이 없습니다. 그저 마음 내키는 대로 살겠습니다.'

편지를 읽고 태종은 몸서리를 쳤다고 한다. 철권통치자 태종이 그 정도라니, 자식 이기는 부모 없다는 말이 실감날 수밖에.

왕의 승은을 입은 후궁이라 해서 마냥 행복하지는 않았다. 자식을 낳지 못하거나 낳아도 아들이 아니라면 후궁의 첩지를 받지 못했다. 딸만 낳은 승은상궁들은 잠시 사랑을 받은 대가로 오래도록 궁중 한구석에서 쓸쓸한 나날을 보내야 했던 모양이다.

아들을 낳은 후궁, 그 아들이 왕이 된 일곱 후궁을 모신 사당이 청와대 옆에 있다. 궁정동에 있는 칠궁(七宮)이다. 박정희 대통령이 마지막을 보낸 궁정동 안가 자리와 불과 찻길 하나를 사이에 두고 있다.

감고당 이야기를 쓰다 보니 인현왕후에 이어 장희빈을 아니 만날 수 없었다. 그래선지 경복궁 북쪽 담을 따라 걷다가 칠궁을 만난 것도 어쩐지 우연이라고는 여겨지지 않았다. 칠궁에

는 장희빈의 신주를 모신 대빈전이 있었다. 중인 출신 절세미인 장희빈에게는 매우 특이한 후궁 이력이 있다. 왕비가 된 마지막 후궁. 왕비(인현왕후)에게 매질을 당한 후궁. 왕이 내린 사약을 받고 죽은 조선조 유일한 후궁이라니 말이다.

절세미인인 데다 숙종을 비롯하여 만조백관이 소망한 세자까지 생산한 장희빈의 잘못은 무엇일까? 장희빈처럼 신당을 차려 초상화에 화살을 쏘지는 않았지만, 인현왕후도 장희빈의 정체를 전생에 주상이 쏘아죽인 짐승이라 발고함으로써 질투에 합류한다. 묵은 원한을 갚고자 이 세상에 태어났을 거라는 인현왕후의 섬뜩한 꿈 이야기에 숙종은 전례 없이 노여워했다. 인현왕후가 궁전에서 추방된 까닭이다.

질투, 남자에 대한 사랑을 독점하겠다는 욕심을 허락하지도 용서하지도 않는 시대였다. 인현왕후보다 장희빈의 질투는 확실히 집요했다. 장씨는 인현왕후가 거처하는 창덕궁 대조전과 창경궁 통명전 침실에 인현왕후를 닮은 헝겊인형을 만들어 다홍치마와 남색 저고리를 입혔다. 그리고는 헝겊인형의 복장에 죽은 쥐와 새, 붕어를 넣는 엽기적 행각을 벌였다. 이쯤이면 질투를 넘어 저주에 가깝다.

저주도 질투와 마찬가지로 자기만의 신념에 근거한 왜곡된 사랑인지 모른다. 사랑은 때때로 자신의 사랑만이 진실이라는 신념에 매달리게 한다. 사랑만큼 무소유가 필요한 것도 없다. 소유한다는 것은 소유당한다는 차원에 버금가기 때문이다. 소유하는 동시에 자신을 잃어버리는 게 사랑이라는 감정이다. 그러므로 자신 안의 감정에서 비롯된 모든 사랑의 다른 이름이 질투며 저주인 것이다.

장희빈의 아들 경종은 친모를 옥산부대빈(玉山府大嬪)으로 추존했다. 묘지는 서오릉 내에 있으며 그 이름이 대빈묘(大嬪墓)다. 한때 이 묘는 여성 관람객으로 넘쳤다고 한다. 신랑감이 생긴다는 속설을 믿고 '희빈 언니의 기'를 받기 위해 미혼 여성들이 무덤을 돌거나 봉산탈춤을 춘다는 얘기였다. 기혼 여성들도 대빈묘에 와서 소주를 따른다고 하는데 그 이유는 뭘까. 장희빈의 기가 워낙 세서 바위로 무덤 위쪽을 눌렀지만, 바위를 뚫고 소나무가 솟아올랐다는 이야기를 믿고?

아니다. 선조가 수레를 타고 떠나자 한양 도성에 남은 백성들은 방화와 약탈을 일삼는다. 왜적이 도성에 들어오기도 전에 재물을 넣어둔 창고들이 털리기 시작했다. 경복궁뿐 아니라 창덕궁과 창경궁, 크고 작은 관청에 불을 질러 붉은 불꽃과 검은 연기가 하늘로 피어올랐다. 수많은 노비 문서가 그때 불타서 없어졌다. '백성의 마음이 흉적들의 칼날보다 더 참혹하다'고 어느 관리가 그때의 참혹함을 표현했다.

"빨갱이 문재인은 물러나라!"

촛불정권이 들어서자 광화문에서 흔히 들려오는 소리였다. 시민들은 청와대로 몰려가 주먹을 오르내리며 규탄한다.

"빨갱이 나라를 만들어 놓고 무사할 거 같으냐. 감옥 갈 준비나 해!"

조선의 백성들은 누구도 이렇게 노골적으로 소리치지 못했다. 왕권은 누구도 도전하지 못하는 신성불가침이었던 것이다. 그러나 그들의 마음은 늘 훨훨 타오르고 있었다. 하물며 백성을 버린 왕이야말로 흉적이 아니고 무엇이랴.

궁정동 무궁화동산

오래 사는 것보다 어떻게 살고 죽느냐가 더 중요하다. 조선, 이씨 왕조라 부른
국가도 예외 아님을 역사가 증명한다.

궁정동 무궁화동산

박정희의 서거 소식을 들은 새벽, 나는 만세를 부르며 내 방에서 뛰어나왔다. 내깐에는 해방을 맞이한 것처럼 기뻤는데 그 후 전국에서 애도하는 사람들이 몰려와 청와대 분향소가 울음바다로 변하는 것을 텔레비전으로 지켜봐야 했다. 변한 게 별로 없다. 그때나 지금이나 박정희 죽음을 바라보는 상반된 시선이 이어지고 있으니 말이다.

박정희가 최후를 보낸 궁정동 안가가 있던 자리에 가보았다. 지금은 무궁화동산으로 이름이 바뀌었다. 김재규는 박정희 머리에 총구를 겨누며 "각하, 정치를 대국적으로 하십시오."라고 마지막으로 건넸지만, 충고도 조언도 아닌 헛말이었다. 이미 가슴에 총을 맞아 술상에 머리가 기울어진 상태였으니 정치를 대국적으로 하고 싶어도 할 수 없었기 때문이다. 동향 사람이고 군대 선후배 사이였으니, "형님, 저세상에 편히 가십시오."라는 별사(別辭)로 마무리해야 옳지 않았을까.

전두환 정권 7년을 넘어 김영삼이 집권하고서야 궁정동 안가는 철거됐다. 누가 그곳을 무궁화 공원이라 이름 붙였는지 모르겠다. 나는 심수봉의 노래 '무궁화'를 좋아하지만, 각하를

저세상에 보낸 날의 노래는 '그때 그 사람'이었다.

무궁화. 피고 또 피어서 영원히 지지 않는 꽃이라고 한다. 그 꽃말이 솔직히 내게는 불편하다. 피고 지고, 지고 피는 것이 생명의 자연스러움인 동시에 아름다움인데 악착스레 살아남아서 죽음마저 욕되게 하는 것은 아닐까. 저 성업 중인 요양원에서 어쩌면 생의 마지막을 보내야 할지도 모르겠다는 생각에 이르면 저절로 한숨이 나온다. 오래 사는 것보다 어떻게 살고 죽느냐가 더 중요하다. 조선, 이씨 왕조라 부른 국가도 예외 아님을 역사가 증명했다.

궁정동 무궁화동산 자리에서 김상헌이 태어났다. 명이 몰락하고 청이 일어나는 중국사의 마지막 왕조 교체기에 조선은 명에 사대하다가 급기야 청의 침입을 두 차례 당했다. 병자호란 때 조선은 남한산성으로 몽진했는데, 당시 66살인 김상헌은 최명길이 어렵사리 쓴 항복 문서를 박박 찢으며 항전 의지를 굽히지 않았다. "허면, 무엇을 믿어야 하느냐?"는 인조의 물음에 그는 "천도(天道)를 믿어야 합니다."라고 대답했다. 인조는 아무 말도 하지 않았다고 청음집은 기록하고 있다. 신하들이 거사해서 조선의 군왕으로 등극했을 뿐이라 천도가 무엇인지 알 길이 없었던 것일까. 명이 다시는 일어서지 못했으니 김상헌의 천도 또한 미래를 예측하지 못한 길이었음이 틀림없다.

결과야 어쨌든 김상헌은 대대로 충신으로 대접받았다. 김상헌의 후손은 경복궁의 서북 방향, 자하문 부근 장의동(현, 궁정동과 청운동, 효자동)에 터전을 잡았다. 그들은 왕의 외척을 대물림하며 50년이 넘도록 정국을 주도했다. 이른바 세도정치였다. 안동 김 씨인 그들의 권세가 얼마나 컸던지 장의동 세 글자를 두 글자로 줄여 장동 김씨라 불렀다. 왕족인 전주 이 씨조차 장동 김 씨의 눈치를 보기에 급급했다. 절대 권력은 절대로 부패한다. 김씨들이 주동이 된 매관매직으로 조선은 몰락의 길을 걷고 있었다. 백성의 삶이 피폐해져 홍경래의 난, 진주 민란이 발발했는데도 그들 김 씨 세력은 요지부동이었다. 상갓집 개로만 알았던 흥선대원군 이하응이 전면에 등장하기 전까지는.

춤추는 언덕길

서울은 끊임없는 토목공사로 도시를 평탄작업했다. 그러나 눈에 띄게 평평해진 땅에 비례해서 인간의 삶도 평등해졌다고 말하긴 어렵다

춤추는 언덕길

문득 생각해보니 눈에 보이지 않는 것이 있다. 여행지에서 사 온 기념품 열쇠고리나 선물로 받은 볼펜 따위 소소한 물건이 아니라, 눈앞을 가로막다시피 한 거대한 것이 사라졌는데도 오랫동안 잊고 있었다니 놀랍기도 하다.

언덕. 내가 살았던 언덕이 보이지 않는다. 아니, 내가 보아 온 언덕들도 어느덧 자취를 감추었다. 그 자리를 아파트나 고층 유리건물이 차지하고 있는데, 지반이 대폭 낮아져 언덕이 있었다는 흔적조차 찾아내기 어렵다. 언덕길을 탈탈탈, 힘겹게 올랐던 연탄 트럭이 어른거린다. 트럭 운전사는 찌익, 사이드 브레이크를 채우고도 안심할 수 없는지 바퀴에 커다란 돌을 괴었다.

어머니가 사기를 크게 당해 셋집을 전전한 끝에 길음동 산동네로 망명한 내 가족사에 언덕만큼 나를 지배한 풍경이 또 있던가. 연탄 트럭이 다녔을 때는 그래도 형편이 좀 나아졌을 때이리라. 그 동네 사람들에게서 물지게를 지거나 연탄을 낱개로 양손에 들고 고행하듯 묵묵히 언덕을 올랐을, 저 60년대를 상상해내기란 그닥 어렵지 않았다. 언덕은 동네 사람들에게 공공의 적이었음이 틀림없다.

얼마 전 북촌 사무실에 놀러 온 친구들과 옛 지도를 내려다 보았다. 무슨 현(峴)이라 쓰여 있는 게 언덕이라며? 서울에 이렇게 언덕이 많았나? 그들은 눈이 휘둥그레졌다. 그렇다. 조선시대 한양 지도를 보면 경복궁과 창덕궁 사이, 창덕궁과 창경궁 사이, 우리가 지금 걷기에 그리 가파르지 않은 길에 적지 않은 언덕들이 있었다. 그뿐 아니라 서촌이나 남촌, 청계천이 흐르는 중촌 곳곳에 언덕들이 있었음을 지도는 빼놓지 않았다.

오랫동안 우리나라 이곳저곳을 다녀 길이 변한다는 사실을 여행자인 동시에 방랑자인 나는 잘 알고 있다. 길과 더불어 땅도 변한다. 대부분 인간의 편리를 도모하려 땅을 깎아내린다. 서울은 끊임없는 토목공사로 도시를 평탄작업했다. 그러나 눈에 띄게 평평해진 땅에 비례해서 인간의 삶도 평등해졌다고 말하긴 어렵다. 초고층 아파트에 사는 부류야말로 '스카이캐슬'이라 여겨질 만큼 세상은 더 불평등해졌다.

나는 본디 서울의 중류층에서 태어난 촉망받는 막내였다. 예고 없는 가난 때문에 언덕에 살았지만, 단언컨대 나는 그곳에서 인생 최고의 가치를 경험했다. 그곳, 산동네 이웃 사람들은 내남없이 가난했지만, 가난했기에 서로 의지할 줄 알았고, 의지했기에 지금처럼 고독사를 걱정해야 하는 궁상 따위는 전혀 몰랐다. 하루가 멀다고 험담이 오가고, 코피 터지도록 싸움이 벌어지기도 했지만, 비가 그치면 새들이 지저귀듯, 즐거운 곳에서는 날 오라 하여도, 내 쉴 곳은 작은 집, 내 집뿐이리. 어느 순간 아이들의 노랫소리가 골목에 울려 퍼지곤 했다. 수도나 전기를 나눠 써야 하는 집이 많았다. 최악의 상황까지 가면 서로 손해를 볼 뿐이라는 생각에 아귀같이 싸우다가도 어느 순간 휴전이 성립되면 비무장지대처럼 동네가 고요했다. 그런 시간이 반복되는 사이, 화해하고 용서하는 법을 터득해서 싸움하는 소리도 점차 잦아들었다. 물론 수도나 전기 사정도 나아져서 집집마다 웃음꽃이 피어나기도 했다. 어느 날 산동네가 재개발로 지정되고, 용역 회사 사람들에 점령당하고, 포크레인이 와서 낡은 집들을 마구 밀어버리기 전까지는.

산동네 사람들은 내가 지금껏 경험한 그 어떤 사람들보다 휴머니스트인 동시에 평등주의자였다.

그리하여 나는 언젠가 사람들과 여행을 떠나는 버스 안에서 감히 마이크를 잡고 이야기했다.

"오늘 우리가 가는 길에 언덕이 몇 개 있을지도 모릅니다. 만일 언덕을 만난다면, 일부러 넘는 언덕이라 여겨 힘들어하지 마시고 길을 가다가 우연히 만난 언덕이라 생각하시기 바랍니다. 세상 어디에도 특별하거나 신비한 길이란 없답니다. 나나 여러분이나 지금까지 걸어온 길이며, 여럿이 어울려 걷는 길이며, 평탄한 길과 약간 경사진 길이며, 처음에는 생소하고 불편하기 마련인 사람이라는 언덕을 넘는 길입니다. 언덕을 넘는 일이야말로 사람에 대한 참다운 믿음의 시작이며, 더불어 사는 즐거움이 아니겠는지요."

사라진 언덕을 복원할 순 없겠지만 남아있는 언덕을 더 이상 잃어버리지 않았으면 좋겠다. 언덕을 오르락내리락거리는 사람들을 통해 성공과 실패, 행복과 슬픔, 어둠과 햇빛이 균형을 이룬다는 사실을 확인하면 이상하게 마음이 가뿐해진다.

서울에 그런 언덕길이 있다. 경복궁 동쪽 담장을 바라보며 삼청로를 걷다가 현대미술관과 세움아트스페이스 사이로 들어서면 얕은 언덕길이 시작되고, 그 너머 정독도서관이 보인다. 정독도서관을 끼고 동쪽으로 이어지는 길이 내가 자주 걷는 길이다. 화동과 재동, 계동과 원서동으로 이어지며, 창덕궁으로 향하는 언덕길이다. 길가에 갤러리, 마카롱과 커피를 파는 카페, 수제 빵집, 편의점이 들어선 낮은 건물들은 언덕길에 서 있느라 발목이나 무릎을 땅에 파묻은 것처럼 보인다. 높낮이가 반복되는 그 길을 걸으면 학춤이나 하회탈춤을 출 때처럼 어깨가 들썩이는 기분이다. 키 큰 가로수나 목이 긴 가로등이 율동하듯 나타나서 흥을 돋운다. 어느 카페 유리문이 열리면서 누군가 꽃을 한아름 가슴에 안겨주러 올 듯도 싶다. 저절로 신명이 나는 길이다. 지금 이 순간, 자판기에서 손을 떼고 그 길을 걸으러 문을 나서고 싶다!

익선동, 낮은 창문 앞에 서다

비 오는 날이면 마음이 몸을 불러낸다. 땅에서 일어난 그가 저벅저벅 골목길
을 걸어와 박녹주네 창문 앞에 선다.

에 상사병에 걸린 청년임을 알 수 있다. 청년이 자신의 키 높이 인 한옥집 창문 앞에 섰다. 더러운 먼지에 빗방울이 섞여 탁한 창문인데 커튼까지 쳐 놓았다. 녹주! 청년 김유정이 한남 권번 출신 박녹주를 부르지만, 커튼도 창문도 미동하지 않는다.

　1928년, 스물한 살 김유정은 목욕탕에서 나오는 박녹주를 거리에서 우연히 보고 첫눈에 마음을 빼앗긴다. 몇 해 전 별세 한 어머니를 쏙 빼닮은 그녀가 당대의 명창이자 기생 박녹주 란 사실은 그 며칠 후에야 알았다. 자신보다 연상이었다. 그 로부터 2년여 김유정은 매일같이 편지를 써서 보냈지만, 박녹 주는 정물처럼 반응이 없었다. 박녹주의 레코드판에서 사진 을 오려내 '당신을 연모합니다. 저의 사랑을 받아주옵소서'라 는 글을 써서 보내기도 했는데, 김유정이 줄기차게 연애편지 를 써댄 건 선천적으로 심하게 말을 더듬기 때문이었다. 밤이 면 박녹주의 집에 그림자를 드리우며 서성였다.
　훗날 박녹주는 1974년 한국일보에 연재한 '나의 이력서'란 칼럼에서 김유정의 연애편지를 공개한다.

　'술을 먹으며 너를 생각한다. 지금쯤 너는 어느 요정에 가서 소리를 하고 있겠지. 이 추운 밤에 홀로 술을 드는 나를 생각해보라. 사랑이란 억지로 식는 것이 아니다. 무엇과도 바꿀 수 없다. 지금, 이 순간도 너를…… 생각한다.'

　박녹주는 그때 이미 재력가의 소실로 김유정의 사랑을 받아들이기 어려웠다. 하루는 김유정을 불러 자신의 처지를 누누이 설명하며, 학생은 공부에 전념하여 훌륭한 사람이 되라, 짐짓 누나인 양 타일렀다. 그 말을 듣고도 김유정은 포기하지 않았다. 박녹주의 거절이 매몰찰수록 병적으로 집착했고, 폭력성을 띠기도 했다. 어떤 날은 박녹주가 탄 인력거로 돌진해 "내, 내가 돈, 돈, 돈 없는 학생이라 과, 괄시하는 것이냐"며 칼과 몽둥이를 들이댔다는데, 이 대목에 이르러 나는 팔판동 사는 고모부가 떠올랐다. 고모부도 한눈에 고모에게 반해 열렬히 구애했으나 고모와 고모 가족은 완강히 거절했다. 그러자 고모네 집 안방에 들이닥쳐 시퍼렇게 벼린 도끼로 방바닥을 찍었다. 일가족 몰살을 두려워한 고모네는 순순히 결혼을 응낙할 수밖에 없었다.
　그러나 박녹주는 지아비가 있는 시골로 떠나버렸다. 김유정 때문에 외출도 못 하고 잠도 이루지 못하는 신경쇠약에 걸려

도저히 서울에 머물 수 없었던 것이다.

〈결국 악기여, 모든 노래하는 것들은 불우하고, 또 좀 불우해서, 불우의 지복을 누릴 터〉

허수경이 노래한 불우의 지복이란 무얼까? 김유정이 경험한 실연이라면 너무나 애틋하고도 잔인하다. 김유정도 학업을 중단하고 고향 실레 마을로 떠났다. 술로써 실연을 달랬으나 치질과 늑막염 걸리면서 몸이 서서히 망가져 갔다. 1930년부터 1932년까지, 술 아니면 글이 인생의 전부였다. 그 짧은 사이 30편의 단편과 20편의 에세이를 쏟아낸다. '사랑을 잃고 나는 쓰네' 기형도가 노래했듯이 김유정 또한 쓰는 일이 유일한 대안이었지만, 1937년 3월, 삼십 세의 나이에 요절한다.

김유정은 몸이 떠났으되, 마음은 여전히 이승에 머물러 있다. 비 오는 날이면 마음이 몸을 불러낸다. 땅에서 일어난 그가 저벅저벅 골목길을 걸어와 박녹주네 창문 앞에 선다. 창문은 늘 굳게 닫혀 있다. 박녹주의 마음이 언제 열릴지 여전히 기약할 수 없다. 그러나 사람도 귀신도 쉬이 포기할 수 없도록 사랑의 힘은 강한 것일까. 보아라, 저 창문 안에 누가 살고 있다. 가끔 커튼이 흔들리고, 얘야, 채널 다른 데로 돌려라. 연속극 시작할 시간이야. 사람의 말소리가 흘러나오는 걸 분명히 나는 들었다.

비가 뚝 그쳤다. 처마 밑의 남녀는 언제 사라졌는지 보이지 않았다. 창문 앞에 선 김유정도 수증기처럼 사라졌다. 잠깐 내린 소낙비로 하늘이 씻겨 시야가 확 트였다. 바람이 한옥집 대문 바깥에 내놓은 화분의 꽃들을 흔들며 골목길에 불어온다. 햇살이 함석 챙에 부딪혀 쨍그랑거린다. 영화라도 끝난 것처럼 사람들이 골목길로 몰려나온다. 청춘남녀뿐 아니라 지팡이를 짚은 노인도 거기 섞여 있다. 신생아실에서처럼 아기 우는 소리가 들리더니 유모차가 모퉁이에서 굴러 나온다.

익선동에서 옛날과 지금을 구분하기란 어렵고, 저승과 이승을 구분하기란 더더욱 어렵다.

문밖에서

필운대로
34

길을 지나다 종종 내가 살았던 집과 비슷한 집을 만나 발길을 멈출 때가 있다. 그러나 누가 묻는다면 나는 아니라고 대답할 것이다. 아무것도 기억하지 못하는 것처럼.

문밖에서

"무얼…… 보시나요?"

허리를 구부려 문틈을 들여다보는 내게 누군가 등 뒤에서 물었다. 놀라서 돌아서니 머리를 틀어 올린 중년 여자가 의아한 얼굴로 나를 본다. 외출했다가 돌아왔는지 바바리코트 차림새였다.

"어떤 집을 찾는데요……."

나는 머뭇머뭇 말을 꺼냈다. 여자는 여전히 남의 집을 엿본 남자에게서 의심을 지울 수 없다는 표정이었다.

"어떤 집을 찾는다고요?"

"네."

"그 집이 이 집인가요?"

"이 집은 아닌 거 같습니다."

나는 대문 곁으로 비켜서야 했다. 여자가 비밀번호 장치를 눌러 문을 열어야 했기 때문이었다. 손가락 끝에서 뾩뾩뾩뾩, 경쾌한 소리가 나더니 삐리리릭 대문이 열렸다. 안으로 들어가 문을 닫기 전, 여자는 경계와 비웃음이 담긴 눈길로 나를 힐끗 바라보았다. 곧이어 도어락이 스르륵 잠기면서 그녀와

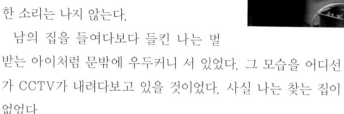

나는 차단됐다. 북촌이나 서촌 골목길을 거닐다 한옥을 보면 대부분 비밀번호 장치가 장착된 도어락이 대문에 달려 있다. 물론 옛날처럼 빗장이 걸리는 묵직한 소리는 나지 않는다.

남의 집을 들여다보다 들킨 나는 벌받는 아이처럼 문밖에 우두커니 서 있었다. 그 모습을 어디선가 CCTV가 내려다보고 있을 것이었다. 사실 나는 찾는 집이 없었다.

내가 문틈으로 들여다볼 수 있는 공간은 매우 좁았다. 흐린 간유리를 끼운 중문이 반쯤 보이고, 그 너머로 햇빛을 환하게 머금은 마당, 옅은 그늘을 드리운 툇마루, 화분이 가지런히 놓인 꽃밭을 일부 보았을 뿐이다. 그런데도 나는 그곳에서 시선을 뗄 수 없었다. 가서 뇌신 사 와라. 안방에서 아버지의 명령이 떨어지면 꼬마인 나는 재빨리 신발을 꿰고 마당을 가로질렀다. 아버지는 고혈압과 합병증에 시달려 밤이고 낮이고 안방에 이불을 펴고 누웠는데 두통이 오면, 지체없이 뇌신을 찾았다. 가서 뇌신 사 와라. 안방과 부엌 사이에 작은 쪽문이 있었다. 그 문으로 식사 때면 밥상이 드나들었다. 부엌 천장은 다락방과 포개져 있었다. 다락방 바닥이 부엌 천장이었다. 외할머니는 다락방 문을 활짝 열고 두 손을 비비며 뭐라 알아들을 수 없이 빠르게 중얼거렸다.

봄이면 제비가 날아와 대들보 위 둥지를 드나들며 쫏쫏거렸다. 초저녁 대청마루에서 들려오는 어머니의 다듬이질 소리는 자장가였다. 아버지가 별세하자 대청마루에 상청을 차리고 일년 동안 조석으로 원불교 경전을 달달 외웠지만, 식구들 중 누구도 원불교 신자가 아니었다.

대청마루 아래는 지하실이었다. 대청마루에서 섬돌을 딛고 내려서는 자리 부근에 지하실로 들어서는 널빤지 문이 보였다. 입구에서 지하실 바닥까지 횡목이 두세 개 빠진 사다리가 놓여 있었다. 가을이면 귀뚜라미 소리가 가장 먼저 들려오는 곳이 지하실이었다. 누나와 숨바꼭질을 하다 지하실에 숨었는데, 누나가 널빤지 문에 못을 박는지 망치로 탕탕 쳤다. 거기서 안 나오면 문을 꼭꼭 닫아버릴 테다.

남의 집 대문 틈으로 내가 엿본 건 내 유년 시절이었다. 그러나 어찌 그 말을 집주인에게 고백할 수 있겠는가. 부엌에서 피어오르는 밥 냄새를 맡으며 다락방에 산 조상귀신을, 귀신과 소통하는 외할머니를, 귀뚜라미의 말라붙은 껍질이 붙어 있던 지하실 거미줄을, 땅속 깊은 곳에서 물을 퍼 올리려 마중물을 부었던 마당의 펌프를, 앞발을 엇갈려 놓으며 의젓하게 담장 위를 걷는 검정고양이를, 붉은 눈알을 굴리며 조심스레 배춧잎을 뜯어 먹던 뒤꼍의 집토끼를, 밤마다 천장을 소란스레 긁고 지나가는 회색 집쥐를, 장독대 간장 항아리로 밤마다 교대로, 혹은 동시에 내려온 달과 별을······

마당 한켠은 붉은 벽돌을 촘촘히 꽂아 경계를 표시한 꽃밭이었다. 작은누나는 꽃밭에서 꺾어온 봉숭아꽃으로 내 손톱을 물들이며 내게 여성 취향이 무엇인지 가르쳐주었다.

식구들이 직장이나 학교에 가고 없어 막내인 나는 빈집에 혼자 남곤 했다. 그럴 때 나는 곧잘 깨진 거울을 손바닥에 올려놓고 햇빛을 되쏘곤 했다. 햇빛은 마당에서 응답을 찾아다니며 너울너울 잘도 춤을 췄다. 오래지 않아 무료해지는 놀이여서 툇마루에 비스듬히 누워 얕은 잠에 빠지곤 했다. 빗장을 질러 문을 꼭 닫았는데도 이상하게 꿈속에서는 대문이 늘 열려 있고, 어머니의 세루 두루마기가 문지방을 스치며 넘어온다. 저녁이 가까워지면 식구들이 대문 밖에서 차례로 나를 호출한다. 문 열어라. 그렇게 문을 열다 보면 집안은 언제 적막했냐며 떠들썩해진다.

안방은 연탄을 때는 구들방이었고, 사랑방에는 연탄과 화목을 같이 땔 수 있는 제법 커다란 아궁이가 있었다. 큰누나가 사랑방 아궁이에 땔나무를 집어넣을 때 나는 자주 곁에 있었다. 그런 날은 오줌이 쉬 마려워 잠을 자다 깨곤 했다. 제삿날이면 아궁이에서 재를 떠서 향로에 가득 담았다.

어느 새벽, 누군가 지붕을 밟고 희읍하게 지나는 기척이었다. 안방에 도둑이 들어 겨우 헌 옷 몇 가지를 훔쳐 달아났다.

내가 아파서 누워있자 어머니가 다가와 내 이마를 손으로 짚었다. 손바닥이 차가워 나는 깜짝 놀라서 눈을 떴다. 그날 나는 종일 사랑방에서 앓아누웠다. 뒤꼍으로 난 사랑방 봉창은 아침이 와도 늘 어슴푸레했다. 사랑방 봉창보다 훨씬 무서웠던 광과 변소의 먼지 낀 창문들, 그 창문과 꽃밭의 나뭇잎을 흔들고 지나가는 밤바람, 문득 죽음의 색채로 보였던 벽거울 뒤쪽의 분홍색 수은막……

햇볕이 풍성한데도 이상하게 추운 집이었다. 창호지를 바른 방문이라서 방마다 웃풍이 심했다. 안방에 후지(FUJI) 난로를 들여놓았는데 독하게 풍겨오는 석유 냄새 속에서 아버지의 얼굴은 병색이 완연했다. 문간방 낮은 창문을 열면 바깥이 내다보인다. 길은 똥차나 물차, 이삿짐 트럭이 다닐 정도로 넓었다.

엿장수나 고물장수가 자주 가위를 쩔렁거리며 지났고, 소독차가 내뿜는 연기를 따라다니느라 아이들이 전력 질주했고, 어느 날에는 까만 쎄단(sedan)이 와서 영화배우 문희가 차문을 열고 나왔다. 다리를 심하게 절어 마치 춤을 추듯 길을 지나는 사내도 문간방 창문으로 매일같이 보였다. 식구들 모두 그가 누군지 궁금했는데, 나중에 알고 보니 한집안 식구들끼리도 서로 모르는 일이 많았다.

여름에는 시멘트 블럭만한 얼음을 사 와서 바늘로 쪼개 식구들이 나눠 먹었고, 겨울이면 미아리고개에서 사 온 호떡을 후지 난로를 둘러싸고 앉아서 먹었다.

큰누나는 어딘가로 끊임없이 펜팔을 보냈다. 찌를 듯 전화벨이 안방을 울리더니 작은형을 바꿔 달라는 여자의 목소리에 식구들 모두가 눈이 휘둥그레졌다. 작은누나가 피아노를 치면 아버지의 체벌, 장남인 큰형의 폭언이 지나간 자리에 신기하게도 웃음이 살아났다. 그 집에서 아버지와 어머니, 오 남매가 살았다.

길을 지나다 종종 내가 살았던 집과 비슷한 집을 만나 발길을 멈출 때가 있다. 그러나 누가 묻는다면 나는 아니라고 대답할 것이다. 아무것도 기억하지 못하는 것처럼.

공평도시유적전시관
– 김승옥의 무진기행 풍으로

철제 계단 아래로 내려가자 흙먼지를 자욱이 뒤집어쓴 벌목들이 16세기에서 17세기 사이 조선시대로 정지된 시간 속에서 앉거나 서 있었다.

공평도시유적전시관
– 김승옥의 무진기행 풍으로

　두 서양인 남자가 미세 먼지 가득한 서울 하늘을 배경으로 인사동 사거리에 서 있었다. 그들은 지도와 거리를 번갈아 바라보았다. "서울엔 유적이…… 뭐 별로 없지요?" "별것 없지요. 그러면서도 그렇게 많은 외국인이 서울로 온다는 건 좀 이상스럽거든요." 그들은 여행자인 듯했다. 아니, 어쩌면 건축가나 고고학인지도 모른다. 그들은 평일인데도 반바지 차림이었고, 먼지를 뚫고 내려오는 햇살을 차단하려 선글라스를 썼고, 무엇보다 건축가나 고고학자로 추측되는 말을 주고받고 있었다. "600년이나 된 도시니 오래된 왕궁이 있을 텐데요." "가보시면 아시겠지만, 왕궁이라야 새로 지은 전각들이 대부분입니다. 외침이 잦은 데다 여러 차례 내전이 이 도시를 휩쓸어 유적이라곤 별로 남아있는 게 없어요." "이웃 나라 중국이나 일본이 이 나라를 지배했다던데 그들의 유적이라도 없나요?" "이 나라 백성들은 자존심이 강해 남의 나라 유적을 그냥 두지 않았답니다. 다 어디론가 치워버린 거 같아요." "그런데도 이렇게 많은 사람이 꾸역꾸역 몰려온다는 게 신기하지 않아요?" "네, 정말 꾸역꾸역 몰려오는 느낌이네요." 그들은 점잖게 소리 내어 웃었다. "원, 아무리 그렇지만 수도에 오래된 유적이 하나쯤은 있어야지. 미세 먼지 속에서 헤매다 이 여행이 끝나겠어요." 웃음 끝에 한 남자가 말하고 있었다.

나는 전통찻집 유리창 너머로 두 남자를 내다보았다. 그들의 대화를 엿들은 게 아니라, 소설가 김승옥이 1964년에 쓴 무진기행 풍으로 두 사람이 나누는 얘기를 상상해보았던 것이다.

서울에 유적이 없는 게 아니다. 나는 그것이 무엇인지 알고 있다. 그것은 돌덩어리들이다. 인사동 사거리에서 조계사 방향으로 200M쯤 걸으면 2018년 LB자산운용이 1조 1,200억 원에 사들인 센트로폴리스라는 거대한 고층빌딩이 나온다. 그 건물 입구에서 에스컬레이터를 타고 지하 1층으로 내려가면, 드넓은 지하세계가 열리면서 돌덩이들이 여기저기 모습을 드러낸다. 기이하게도 몸체는 사라지고 발목만 남은 것들이었다. 미세 먼지로 뿌연 지상과 달리 지하세계는 누런 황사로 가득 찬 듯 보였다. 강화유리를 깐 투명한 바닥을 조심스레 밟으면서 집터 위를 걸어간다. 철제 계단 아래로 내려가자 흙먼지를 자욱이 뒤집어쓴 발목들이 16세기에서 17세기 사이 조선시대로 정지된 시간 속에서 앉거나 서 있었다. 돌마다 주춧돌, 기단석, 적심석, 긴 초석 따위 이름을 달고 있다. 돌담 사이를 관람객 몇이 기웃거렸는데, 메마른 우물과 배수구를 바라보는 눈길이 건조하기 짝이 없었다. 마침내 곁을 지나는 정복차림에게 나는 이 이해할 수 없는 동네의 내력을 묻지 않을 수 없었다.

"기둥이며 벽이며 지붕은 때려 부숴 없앴고, 주춧돌과 기단석 등은 흙으로 덮어버린 겁니다. 그 위에 H빔을 박고 건물을 세웠죠."

안내원이 내게 전하는 말을 단번에 알아들을 수 없었다.

"구덩이를 파서 돌들을 묻은 것이 아니고서야 이렇게 깊은 지하에 집터가 있을 리가요?"

"그건 아니고요. 이 안의 돌들은 2015년 건물을 새로 지을 때 발견한 것이지요. 여기 이 전시관 3M 위에서 발견한 돌들과 생활용품 등을 지하로 옮겨왔답니다. 이를테면 유적과 유물이 수직 이동한 셈이지요."

어쨌든 두 서양인이 찾던 유적, 서울의 옛날 골목길과 집터들이 그렇게 지상에서 사라졌다가 2015년 공평빌딩을 헐고 센트로폴리스란 고층건물을 새로 짓는 과정에서 발굴되었다. 발굴 관계자들은 일대를 '공평도시유적전시관'이라 이름 붙였다. 조선조에는 견평방이라 불렀던 시전의 중심지였다. 왕실의 사가와 정국공신의 큰 집, 전의감, 의정부의 부속건물들이 담장을 쌓아 골목길을 이루고 있었다.

견평방은 근대 이후 공평동으로 바뀌면서 서서히 옛 모습을 잃어가기 시작했다. 지금으로부터 5, 60년 전에 단행한 도심 재개발 사업 때는 마구잡이 철거를 당해 수많은 유적이 한꺼번에 사라졌다. 공평동뿐 아니라 서울 곳곳을 파헤쳐서 유적들은 흔적조차 남지 않았다. 3.1운동을 선언한 태화관이 사라진 것도 그 무렵이었다. 서울 한복판에서 문화적 야만이 뻐젓이 행해져도 다들 본체만체했다.

2015년 센트로폴리스 건립을 전후로 뒤늦은 자각이 따른 모양이다. 서울의 사대문 안에 옛 골목길과 집터를 더 일찌감치 보전했더라면 인사동 사거리에서 본 두 서양인처럼 미세먼지 속을 방황하리라 걱정하지 않을 테고, 어느 나라에나 볼 수 있는 고층건물 사이를 지나는 수고도 없을 것이다. 그나마 강화유리 돌덩어리를 모아 놓고 '외양간'을 고치는 모양이다만, 그곳은 공평도시유적전시관이라 정한 이름에서 보듯이 전시관에 불과하다.

전문가가 아니라 잘은 모르겠지만, 도시유적과 매장 문화에 눈뜬 지 겨우 4년째 아니냔 의심을 지울 수 없다. OECD국 가운데 우리나라처럼 개발과 영혼을 손쉽게 바꾼 나라가 또 있을까? 영혼을 판 사례금으로 얼마나 행복해졌느냐고 묻고 싶다.

'송석원'을 찾아서

정선이 그린 송석원시사야회도에서 시인 혹은 묵객이 밤 드리 모여 있던 숲속의 분지라 여긴 곳에서 발길을 멈췄다. 깨어 있는 삶은 시간의 구애를 받지 않는다.

'송석원'을 찾아서

庚炎之夜(경염지야)
삼복더위 밤에
雲月朦朧(운월몽롱)
구름과 달이 몽롱하여
筆瑞造化(필서조화)
붓끝이 조화를 부리니
驚人昏夢(경인혼몽)
놀란 이는 어두운 꿈을 꾼 듯하네

조선시대 정조 때 태어난 중인 출신 문인 천수경(千壽慶)이 인왕산 중턱에 집을 짓고 그 이름을 송석원(松石園)이라 지었다. 그러자 중인 출신뿐 아니라 서얼·서리 출신의 하급관리와 평민들이 시인 혹은 묵객을 자처하며 송석원을 방문하여 시를 짓고 그림을 그렸다.

그들은 1791년 6월 15일인 유둣날에도 송석원에 모였는데, 화원 이인문과 김홍도도 합류하여 두 장의 그림을 남긴다. 이인문은 그날 낮의 풍경을 송석원시사아회도(松石園詩社雅會圖)

에 담았고, 김홍도는 밤의 풍경의 송석원시사야연도(松石園詩社夜宴圖)에 담았다. 그리고 김의현은 시와 그림을 모아 옥계청유첩(玉溪淸遊帖)이라는 문집을 발표했다.

양반의 전유물인 시사를 중인들이 시행한 것은 조선의 신분 변화를 의미한다. 개혁군주 정조가 서얼 출신에게도 낮으나마 관직을 주어 서서히 신분 타파가 이루어지던 시기였다. 송석원 시사에 참여한 인사가 수백 명에 달했으니, 문학은 그 어느 때에 비할 바 아니게 신분 상승에 대한 열망을 반영했다. 중인뿐 아니라 궁노 최기남, 술집 심부름꾼 왕태, 창을 부르는 가객 장유벽 같은 천민도 참여했는데, 이를 위항문학(委巷文學)이라 불렀다.

서촌에서 발원한 송석원 위항문학은 훗날 중촌 청계천으로 진출하여 기층민의 심중을 담는 대중문학으로 발전했다.

2019년 9월 1일, 나는 붓글씨에 조예가 깊은 이능재 거사와 함께 228년 전 유둣날 풍경을 찾아 나섰다. 영조의 잠저(潛邸)인 창의궁 터며 추사 김정희가 살던 통의동 집터, 천연기념물인 백송이 있던 자리를 출발지점으로 삼은 것은 이능재 거사의 취향을 존중해서거니와, 1791년 유둣날이나 그 전후로 추사가 송석원에 방문한 흔적을 남겼기 때문이다. 조선 후기를 대표하는 백송은 30년 전 골목에 불어닥친 태풍에 고사했고, 추사의 초상화를 담장에 걸어 놓고 커피와 케이크를 파는 카페가 들어서 있었다. 두 사람은 이를 아쉬워하다가 출발했다. 통의동 역사책방과 통인동 이슬기 작가 책방, 대오서점을 들르면서 해찰하듯 길을 걸었다. 정자가 있는 옥인동 사거리에 잠시 머물다 정선이 남긴 진경산수화(眞景山水畵)의 현장, 수성동 계곡을 향해 걸었다. 진경은 사물에 투사된 직관의 세계, 사물의 실경보다 화가의 심상을 중요하게 여기는 화풍이다. 어찌 보면 19세기 프랑스의 마네와 모네가 야외에서 포착한 사물에 자신의 개성을 반영시킨 인상 화풍과 비슷하다.

수성동 계곡으로 가는 길은 시멘트로 복개하기 전에 옥류동천이 흘렀다. 눈에 보이지 않을 뿐 지금도 흐를 것이다. 내 발밑에서 흘러가 백운동천과 합류해 청계천으로 흐른다는 시냇물을 거슬러 정선이 살던 시대로 돌아가는데, 길가에 잇따른 다가구주택 사이로 편의점, 젤라또나 뱅쇼를 파는 커피집, 찻잔이나 향수병을 파는 소품샵이 보였다. 이따금 마을버스가 지나가 두 사람은 길을 비켜서야 했다. 이 거리에서 가장 유명한 옥인동 박노수 가옥은 내부 수리 중이어서 문 앞에 우두커니 서 있어야 했다.

"박노수 화가의 집이기 이전에 매국노 윤덕영이 자기 딸과 사위에게 준 집이죠."

"경술국치 때 순정효황후의 치마폭에 있던 대한제국의 옥쇄를 빼내 일본에 바친 자로군요."

이능재 거사는 윤덕영을 알고 있었다.

"윤덕영은 일제로부터 매국 공채를 받아 천수경의 송석원 터를 비롯한 일대를 사서 중세 유럽의 성을 닮은 벽수산장을 지었답니다. 서글프게도 그 이전에 안동 김씨, 여흥 민씨 같은 세도가들이 송석원을 차지했지요. 송석원이 사라지면서 인왕산에 기반한 위항문학도 쇠퇴해버렸다네요."

"송석원이 남았더라면 인왕산의 유서 깊은 문학의 전당일 텐데……."

"윤덕영이 죽자 벽수산장이 처치 곤란한 애물단지 취급을 받았다더군요. 여러 기관을 전전하다가 1966년 화재로 전소했다고 합니다."

이윽고 수성동 계곡 앞에 이르니 정선이 수묵으로 그린 '수성동'의 풍경이 고스란히 눈 앞에 펼쳐진다. 다만 기린교를 건넌 옛사람들만 눈에 띄지 않았다. 서울시에서 옥인동 시범아

파트를 비롯한 주거지를 헐고 옛 모습을 복원한 덕분이다. 인왕산 기슭 옥인동은 조선시대와 일제강점기, 대한민국의 근대와 현대라는 시간의 흔적이 쌓여 있다. 자연과 문학이 만나는 동네였으며, 나라를 팔아서까지 치부한 권세가의 탐욕으로 얼룩진 동네였으며, 아파트 공화국을 맹신한 나머지 자연을 망각한 동네였다.

"자, 이제 송석원으로 떠나야지요."

짐짓 유쾌하게 앞장섰으나 옥인동 어디에도 송석원으로 가는 이정표가 없으며, 송석원임을 알리는 표지석도 없다. 다만 송석원이 있던 자리라 짐작되는 인터넷 지도들이 돌아다닐 뿐이다. 나는 불국사를 끼고 오른쪽 언덕으로 올라갔다. 옥인동 사전 답사에서 내가 송석원일지 모른다고 눈어림한 곳이다. 정선이 그린 송석원시사야회도에서 시인 혹은 묵객이 밤 드리

모여 있던 숲속의 분지라 여긴 곳에서 발길을 멈췄다. 깨어 있는 삶은 시간의 구애를 받지 않는다. 나와 이능재 거사, 두 사람이 선 자리를 가로막은 집들이 이내 푸른 소나무와 흰 바위가 어우러진 숲으로 변하면서 새들이 울고 시냇물이 흘렀다. 위로는 인왕산이 가까웠고, 아래로는 북악산과 남산 사이에서 한양 도성이 흥청거리고, 성곽 너머 수락산과 관악산은 구름을 끼고 어디론가 떠가고 있다.

창경궁 유리온실 이야기

비록 사진으로만 봤지만 줄을 갖다 대면 금세라도 쓰르릉 현이 울릴 거 같던
공후. 창경궁 유리온실도 곳곳에 창문이 열려 무언가 할 말이 있음을 암시하고
있었다.

창경궁 유리온실 이야기

며칠 전, 전 문화재위원인 김란기 선생을 만나 그가 쓴 원고를 받아 읽었다. 그중 창경궁 식물관을 '근대화의 진주'라 명명한 소제목이 흥미를 끈다. 한때 창경원이라 불렀던 그곳에 소풍을 가서 본 유리온실로, 지금도 창경궁 한켠에 남아 수많은 유리 창문이 햇빛을 반사하고 있다.

1983년 창경궁 중건으로 유리온실은 존폐의 갈림길에 선다. 일제가 동물원과 식물원을 두어 유원지로 희화화한 잔재이므로, 조선의 정궁으로 복원하는 시점에 논란이 컸던 모양이다.

김란기 선생은 그때 철거를 면한 것을 '다행'이라고 원고에 표현했다. 창경궁 유리온실은 후쿠바 하야토라는 원예학자가 개입해서 지은 건축물이다. 후쿠바 하야토가 남긴 자서전에 '이토 히로부미가 제안한 예산과 규모에 맞춰 계획했다'는 기록이 남아있기 때문이다. 그러나 그 이상의 언급은 없다. 설계도로 볼 수 없는 조악한 평면도 한 장이 남아있을 뿐이다. 원예학자가 거대한 유리온실을 지었을 리도 없어 누가 설계했는지 의문을 자아낸다. 이 대목에서 나는 악기만 남고 주법은 전해지지 않았다는 고대의 악기 공후(箜篌)가 떠올랐다. 우리나라 국립국악원도 소장한 벙어리 악기다.

후쿠바 하야토는 창경궁 유리온실을 짓기 3년 전 도쿄에 신주쿠교엔이라는 유리온실을 지었을 때도 주도한 인물이다. 신주쿠교엔은 크기만 창경궁 것에 비해 작을 뿐 외형과 구조가 거의 같다. 후쿠바 하야토가 1900년 프랑스에 가서 앙리 마르티네에게 설계를 의뢰한 건축물이다. 그러니까 창경궁의 유리온실이나 신주쿠교엔은 앙리 마르티네에게서 그 기원을 찾을 수 있다.

그런데 2009년 김란기 선생이 도쿄에 가보니 앙리 마르티네의 신주쿠교엔이 눈에 보이지 않더라고 했다. 2차대전 말 미군이 폭격해서 흔적도 없이 사라진 것이었다. 유리와 철 구조물을 사용한, 근대 건축의 보석과도 같은 문화유산이 일본엔 없고 한국에 있다는 사실에 일본인들은 심히 유감을 느꼈을 것이다.

아베의 반도체 소재 화학물질의 수출 제한으로 떠들썩한 가운데 창경궁을 다녀왔다. 유리온실 앞에 서서 나는 물었다. 네 고향은 프랑스니? 유리온실은 박물관에 전시된 공후처럼 말이 없었다. 비록 사진으로만 봤지만 줄을 갖다 대면 금세라

도 쓰르릉 현이 울릴 거 같던 공후. 창경궁 유리온실도 곳곳
에 창문이 열려 무언가 할 말이 있음을 암시하고 있다. 유리온
실을 빤히 바라보며 나는 혼잣말로 중얼거렸다. 유리온실도,
유리온실을 이루는 유리도 프랑스만의 전유물은 아니지. 만일
그렇다면 우리가 타고 다니는 자동차는, 자동차를 발명한 벤
츠나 다임러나 독일의 전유물이어야 하잖아.

유럽은 한때 경쟁하듯 유리로 된 건물을 지었더란다. 그 대
표적인 건물이 1851년 런던에 세운 크리스탈 팔레스(Crystal
Palace·수정궁)이다. 그 시대 유럽인들은 신데렐라의 유리구두
를 신고 유리궁전에 출입하는, 반짝이는 꿈을 꾸었던 걸까.

소유욕이 유행을 불러온다. 소비를 충족하려면 물건을 대량 생산할 수밖에 없다. 복제품도 등장한다. 결국은 누구의 소유도 아닌 것으로 공유된다. 누구의 것도 아니지만 핵을 소유한 미국은 끊임없이 핵전쟁을 경고한다. 핵으로 가장 재미 보는 나라가 미국이면서 말이다.

모든 악의 근원은 팔 할이 소유욕이다. 기술이나 과학을 앞세워 물질을 선점하고, 남의 땅을 빼앗기까지 하면서 소유욕을 충족한 나라가 이른바 선진국이다. 나만 잘살면 그만이란 생각은 국제 관계에서도 통한다. 일본이 반도체 소재를 제한한 까닭도 그런 심보 아닌가. 2차 수출 규제 품목도 공작기계 부품, 수소차에 쓰이는 배터리 등 기술을 축적해온 분야로 예상된다. 비분강개할 필요는 없다. 그깟 것들 없다고 처절하게 불행해지거나 고독해지지는 않을 것이다. 끈기는 대한민국의 힘. 쌀과 라면으로 버텨서라도 그들의 압박카드를 소진시켜야 한다. 그사이, 일본을 뛰어넘는 기술을 확보하면 더할 나위 없이 좋다. 그럴 자신이 없다면 무소유를 삶의 덕목으로 삼는 것도 그리 나쁘지는 않다.

창경궁 유리온실에 바싹 다가갔다. 내 존재를 알리듯 유리창을 손으로 두드려 보고, 철재와 목재를 쓰다듬었다. 단단하

다. 그리고 정교하다. 순간 그것이 일본의 재능이라는, 무의
식적이고도 틀에 박힌 칭찬이 떠올랐으나, 프랑스에서 파견한
시공회사 작품이라는 전언을 환기해냈다. 110년 전 일본은 남
의 나라 궁전에 와서 영원한 식민지, 영원한 제국을 꿈꾸었던
가. 일본의 재능을 인정하면서도 다정한 감정으로 공유할 수
없는 한계를 유리온실을 통해서도 확인한 기분이라 다소 씁쓸
했다. 그 이상 혐오감이 생기지 않길 바랄 뿐이다.

허난설헌의 곡자

감당하기 어려운 시절은 지났다. 조선이라는 거대한 벽 앞에서 난초처럼 가냘 프지만 짙푸른 시를 썼던 허난설헌. 죽음 앞에서도 그녀가 할 수 있는 일이라곤 시뿐이었다.

허난설헌의 곡자

화초장처럼 노랗게 바랜 얼굴이었다. 핏기가 사라진 입술엔 마른 침이 부스러지고 있었다. 눈썹도 별로 없었고 머리카락은 옥수수 수염을 닮았다. 시신을 검시하러 온 의원이 본 허난설헌의 얼굴이었다. 그녀는 딱히 병명을 알 수 없는 증세로 시름시름 앓다가 세상과 결별했다. 사인을 묻는 남편에게 의원은 심신허약증 같다고 말을 흐렸다.

일 년 사이, 지독한 불행이 아무런 기별도 없이 한꺼번에 허난설헌을 찾아왔다. 친정아버지처럼 의지한 오라버니 허봉이 금강산 생창역에서 객사하더니, 돌림병이 전국에 창궐해 딸아이와 사내자식을 잇달아 데려갔다.

허난설헌이 살았다는 인현동을 무작정 찾아갔다. 시댁이 인현동이었다는 기록만 남았을 뿐 아무도 그 위치를 정확히 알려주지 않는데도 말이다.

강릉에서 태어난 허난설헌은 다섯 살 때부터 서울 본가에서 살기 시작했다고 한다. 남편 김성립에게 시집간 해가 선조 11년(1577년)이니 그 이전인 것은 분명하다. 서울 집은 중구 인현동에 있었다. 이는 동생 허균이 쓴 성옹식소록(惺翁識小錄)이 입증하는데, '나의 친가는 건천동에 있었다. 청녕공주의 저택부터 본방교까지 겨우 서른네 집이 있었다.'라고 기록하고 있다. 건천동은 남산에서 내려온 물줄기가 청계천으로 흘러가며 거치는 동네로 물줄기가 말라 마른내라고도 불렀다. 지금은 인쇄소 골목으로 알려진 곳이다.

　오토바이와 소형 지게차가 다니는 인쇄소 거리에서 나는 공연히 지나는 사람을 흘끗거리며 어느 새벽 인현동 시댁을 나와 광릉으로 향하는 허난설헌을 생각했다. 그녀는 두 아이가 묻힌 광릉 산소를 찾아 제사를 지냈다. 그 자리에서 그녀는 자식 잃은 비통함을 곡자(哭子)라는 시에 담는다.

　지난해 어여쁜 딸 잃었고
　올해는 사랑하는 아들 보냈네
　슬프디슬픈 광릉 땅이여
　두 무덤이 마주 보고 있구나
　사시나무에 소슬한 바람 불고
　도깨비불은 숲속에서 반짝이네
　종이돈 살라 너희 혼 부르고

정화수를 올려 제사를 지낸다
너희 넋은 응당 오누이임을 알지니
밤마다 서로 어울려 놀겠지
비록 내 뱃속에 아기가 또 있다 한들
어찌 잘 크기를 바랄 수 있으리오
부질없이 황대사를 읊조리고
피눈물로 울다가 목이 멘다

허난설헌의 곡소리가 나직이 들려온다. 나는 어려서 아버지를 잃었다. 상청에서 어른들을 따라 곡을 한 적 있었으므로 곡할 때의 애절한 느낌을 안다. 허난설헌의 시를 곡하듯 읊조리자 곡을 잃어버린 시대에 살면서도 금세 눈물이 돌았다.

곡은 느리고 긴 계면조지만 리듬을 지닌다. 광릉 땅 오누이 무덤 앞에서 넋이라도 어울려 놀라며 허난설헌의 곡은 리듬을 탔으며, 리듬에 무의식적으로 이끌리듯 뱃속의 아이마저 무사하지 못하리라고 절망을 노래한다. 어찌 잘 크기를 바라냐고 한탄하는 구절에 이르러선, 희망을 버렸다기보다 불행을 완성하려고 허난설헌이 시를 쓰지 않았는지 의심스럽기조차 하다.

그녀가 살던 조선은 가부장 중심의 성리학이 대세인 사회였

다. 집안을 지키고 후세를 낳아 기르는 역할만을 여성에게 부과했다. 아무리 사대부의 여인일지라도 허난설헌처럼 글을 써서 세상에 발표하는 일은 지극히 드물었다.

그러나 나는 한 번도 대면한 적 없는 430년 전 여인 허난설헌에 대한 이 같은 흔한 정보보다는 사주책이라도 펴놓고 그녀의 기구한 팔자를 짚어보고 싶었다. 딱하게도 그럴 능력이 내겐 없어 눈을 지그시 감고 조선 중기 동인의 영수 허엽의 딸로 태어난 허난설헌, 아명이 초희인 다섯 살짜리 계집애를 떠올려본다. 다섯 살 때가 인생을 선택하는 시기라고 헤르만 헤세의 어록에 적혔던가. 거무스름하고 따뜻한 속살이다. 눈썹이 짙고 동공이 새까맣다. 윤곽이 또렷한 얼굴에 조숙한 몸매인 그녀는 남보다 일찍 인생의 행로를 드러냈다. 친정아버지 허엽이 관례를 깨고 여식에게 초희라는 이름을 붙여줄 만큼 초년이 각별했다. 허난설헌의 비범함을 일찍이 알아보고 독려한 이는 허봉이었다. 허봉은 친구이자 당대의 문사 이달로 하여금 초희를 가르치게 했다. 하나를 가르치면 열을 알아 거침없는 문장으로 쏟아냈다. 타고난 문재였다. 나이 여덟 살 때 지금은 전하지 않는 '광한전백옥루상량문(廣寒殿白玉樓上樑文)'이라는 한시를 지어 주변을 놀라게 했다. 경사스러운 재능이라고 찬탄했겠지만, 여성에게 주어진 경계를 넘어서는 위험성도 내포했다. 안정된 풍습을 지향하는 사회에서 보면 여자가 시를 잘 쓴다는 건 불길한 재능일 수도 있다는 얘기다. 조선의 규중에서 빛나는 여류 시인으로 성장한 허난설헌이지만 결혼생활이 순탄치 않았던 것도 어찌 보면 예고된 불행이 아니었을까. 지금으로 봐서도 시를 잘 쓰는 아내라든가 며느리가 크게 환영받을 조건이 아니듯 말이다.

그래선지 나는 그녀의 이름에서 난설(蘭雪)에 깃든 고고한 자태와 동시에 난설(亂雪)의 어지러움을 본다. 안타깝게도 그녀의 비범한 삶은 나이 들수록 바람에 분분히 휘날리는 눈송이로 변했다. 허난설헌은 15세에 김성립과 결혼했다. 김성립은 5대가 계속 문과에 급제한 명가의 자제였다. 선대를 닮아 영특한 사람이었을 김성립을 떠올리니, 희고 차가운 얼굴에 무미건조한 성격이다. 문자에 익숙하지만 시를 쓰는 허난설헌과는 다른 차원의 엘리트인 것이다. 허난설헌의 동생인 허균은 훗날 그런 김성립을 '문리(文理)는 모자라도 능히 글을 짓는 자, 글을 읽으라고 하면 제대로 혀도 놀리지 못한다'라고 묘하게 조롱했다. 막연한 생각이지만 김성립에게는 어머니나 누나 같은 여자가 어울리지 않았을까. 허난설헌과는 맞지 않은 기질이라 아내를 피해 바깥에 나돌았다고 한다. 그가 기방을 자주 출입했던 것은 주색에 빠졌다기보다 아내와는 마주 앉아 물 한 모금 마시는 일조차 불편했기 때문인지 모른다. 허난설헌은 김성립에 회의를 느껴 남자를 원망하는 규원가(閨怨歌)를 쓰기도 했다. 지금으로서는 지극히 소극적인 대처법이랄 수 있겠지만, 그 당시로선 칠거지악에 가까운 도발이었다. 시어머니가 허난설헌을 괘씸하게 여겨 혀를 차기도 했을 것이다. 시어머니의 구박 또한 허난설헌에게는 견디기 힘든 시련이었다.

허난설헌은 높고 지순한 재능을 제대로 펼쳐 보지도 못하고 27세의 나이에 이승을 마감한다. 한이 많았던 그녀는 죽기 전에 자신이 쓴 시를 모두 불태워 달라고 유언했다. 허난설헌의 대부분 시는 모두 불길에 사라졌다. 지금까지 전해오는 시는 동생 허균이 암송해 두었다가 옮겨 적은 것이다. 감당하기 어려운 시절은 지났다. 조선이라는 거대한 벽 앞에서 난초처럼 가냘프지만 짙푸른 시를 썼던 허난설헌. 죽음 앞에서도 그녀가 할 수 있는 일이라곤 시뿐이었다.

　푸른 바닷물이 구슬 바다에 스며들고
　푸른 난새는 채색 난새에게 기대었구나
　부용꽃 스물일곱 송이가 붉게 떨어지니
　달빛 서리 위에서 차갑기만 해라

귀신사 홀어머니 다리

홀어머니는 한밤중에 개울을 건넌 그 뜨거움으로, 그 솔직한 욕망으로 색계
와 무색계, 이승과 저승의 경계를 지웠다.

귀신사 홀어머니 다리

영조의 서녀 화순옹주는 김한신과 결혼해 경복궁 서측 월성위궁에 살았다. 남편과 금슬이 좋았으나, 결혼한 지 16년 되는 해 남편이 사도세자가 던진 벼루에 맞아 사망한다. 갑자기 남편을 잃은 옹주는 상심이 커서 곡기를 끊었다. 영조가 이 소식을 듣고 찾아왔다. 옹주는 영조가 권하는 미음을 마지못해 한 모금 먹는 듯하다가 토했고, 이 같은 거식증 증세를 본 영조는 마음을 돌리지 않는 옹주의 뜻을 알고 탄식하면서 돌아갔다. 화순옹주는 결국 음식을 끊은 지 14일 만에 별세했다. 조선의 왕녀 중 유일하게 열녀가 된 것이었다. 영조는 화순옹주의 정절을 기렸지만 당신의 뜻을 저버린 게 괘씸하여 열녀문을 내리지 않았다. 어쩌면 화순옹주의 이복동생 화완옹주에게 부담을 안길까 염려해서 열녀문을 내리지 않았는지도 모른다. 이후 사도세자의 아들 정조 때야 비로소 열녀문을 내려 충청남도 예산 추사 김정희 생가터에 화순옹주홍문(和順翁主紅門)을 세웠다. 추사는 화순옹주 부부의 증손자다. 옹주 부부가 자식이 없어 김한신의 친척을 사후 양자로 들였는데, 그 양자의 손자가 바로 추사인 것이다.

삼종지도(三從之道)는 조선의 여인이 반드시 지켜야 할 도덕이었다. 삼종이란 '결혼하기 전에는 아버지를, 결혼해서는 남편을, 남편이 죽으면 자식을 따라야 한다'는 규범으로, '예기(禮記)', 의례(儀禮) 등의 유교 경전에 나온다. 중국 전한 시기에 완성된 이래 2천 년 이상 유교 문화권 국가에 영향을 미쳤다.

아버지에게는 효의 의무를, 남편에게는 정절의 의무를 다해야 했다. 그뿐 아니라 '열녀전'에서는 남편 없이 자식들과 사는 과부는 친정 나들이조차 자식의 허락을 얻어야 한다고 강조했다. 사정이 이러하니 자식이 과부 어머니의 개가(改嫁)를 찬성했을 리 없다. '삼강행실도'와 '조선왕조실록'에 빈번히 등장하는, 죽은 남편을 따라 죽음을 택하는 열녀들은 자신의 행위를 삼종지도로 합리화했다. 기나긴 역사를 통해 '따르는 것'을 유일하게 몸으로 익힌 여성은 평소 자신만의 존재 방식을 요구하는 상황에서도 여지없이 삼종지도를 표본으로 삼았다.

'경국대전'을 보면 과부가 다시 결혼했을 때 감당해야 하는 불이익을 자손금고법(子孫禁錮法)으로 명시했다. 재혼한 여자의 자손은 벼슬에서 배제하겠다는 조항이 그것이다. 여자의 일생이 가족인 남성에게 종속돼야 한다는 규정은 여자에게는 스스로 생각하고 실천할 능력이 없다고 여겼기 때문이다. 정도의 차이만 다르지 이런 가부장적 권력을 지지하는 사회적 질서는 전 세계에 만연했다.

그런데 몇 년 전이었다. 전라도 김제 금산면 청도리에 있는 귀신사를 답사하기 전 인터넷을 뒤져 사전 정보를 검색한 나는 절 입구에 '홀어머니 다리'라는 게 있다는 게시글을 보았다. 다리 이름부터가 흥미를 끌었다. 마침내 오래된 흑백사진 하나를 찾아냈는데, 개울에 걸쳐 놓은, 길고 펀펀한 돌다리였다. 개울은 폭이 좁은 건천이고, 다리는 생각보다 옹색했다. 장마철 큰물이 나면 떠내려갈지 모른다는 생각이 들 정도로 위태로워 보이기도 했다. 다리 곁에 오래된 느티나무 한 그루가 긴긴 세월 개울에 그림자를 드리우고 있었다. 내가 소문으로 들은 해묵은 얘기를 그 나무도 알고 있을 것이었다.

귀신사 홀어머니 다리에 등장하는 여인은 남편을 일찍 여의고 홀로 남매를 키워온 과부다. 논일 밭일 마다하지 않는 억척이었는데, 언제부턴가 여인은 자주 춥다고 했다. 밤마다 바깥으로 나가 한참 후에야 돌아오곤 했던 것도 그때부터였다. 밤마실 시간이 길어져 어떤 날은 동이 희뿜히 터올 무렵 귀가했다. 어머니는 아침이면 버선을 빨았다. 효자 아들은 아무리

정성껏 불을 때도 어머니가 왜 맨날 추위를 타는지 알 수 없었고, 밤새 어딜 다녀오시기에 아침이면 버선을 빠는지 궁금했다. 어느 날, 어머니 뒤를 밟은 아들은 어머니가 건넛마을 홀아비를 만나러 간다는 사실을 알았다. 오가는 길에 흐르는 컴컴한 개울물을 건너느라 버선이 젖는 것도 보았다. 곡절을 안 아들은 누이와 함께 다리를 놔드리기로 했다.

홀어머니 다리가 생긴 내력은 이처럼 컴컴한 개울을 건너야 하는 어머니의 절절한 욕망을 자식들이 받아들이면서부터다.

혼불의 소설가 최명희는 이 이야기를 틀어 귀신사에 들이댔다. 소설에 등장하는 임 서방을 통해 어머니가 귀신사 스님과 밀통하는 것으로 묘사한다.

밤이 깊어 이슥헌 때 홀연 어머이가 어디로 나가. 조심조심 따러가 봉게 귀신사로 가는 거이라. 그 절에 불공을 댕기던 어머이가 귀신사 중허고 속이 맞은 거여. 그래서 그렇게 밤마둥 밤중에 물에 빠짐서 그 개울, 캄캄헌 계곡을 건느더란 말이여. 무섭고 험헌 디를 그런 줄도 모르고. 그렇게 어머이는 늘 젖어서 돌아오고, 추울 수배끼. 참 괴로운 일이제. 이것을 안 효자가 즈그 어머이를 위해서 고통을 덜어 디릴라고, 남몰래 그렇게 탄탄헌 돌다리를 놓아준 거이라.

– 혼불 4권 중

귀신사에 갔을 때 내가 궁금했던 건 절의 내력보다는 귀신
사 앞에 있다는 홀어머니 다리였다. 그런데 막상 가보니 작은
돌다리는 가뭇없고 대신 해탈교란 다리가 길을 훤히 열어주고
있었다. 웬만한 차량도 너끈히 지날 만한 넓이의 시멘트 다리
였다.

해탈교가 생기기 전 귀신사로 가는 다리는, 영혼은 있되 몸

은 없는 허풍선이 귀신
이지는 않았을까. 가까
이 다가가니 느티나무
도 보이지 않았다. 순간
나는 당황했다. 자고 나
니 늘 들렀던 동네 구멍
가게가 없어지고 그 자
리에 슈퍼마켓이 버티고
선 느낌이었다. 나는 혹

시나 해서 허둥지둥 개울을 훑어보았고, 사진으로 보았던 홀어머니 다리와 비슷한 다리를 겨우 찾아냈다.

내가 발견한 다리는 귀신사 앞에서 오십여 미터 떨어진 곳에 있었다. 사진기를 들이대고 찍다가 나는 놀라지 않을 수 없었다. 원래의 홀어머니 다리는 아니었지만 어떤 면에서는 훨씬 사실적 풍경을 그 다리는 담고 있었다. 나는 속으로 이 다리야말로 '신 홀어머니 다리'라고 읊조렸다. 뷰파인더에 정말 잘 짜인 구도가 들어왔다. 다리로 가는 길에 허름한 집 한 채가 있었는데, 그 집 초록색 대문에서 옛이야기가 술술 풀려나왔다. 내 입이 저절로 중얼거리기 시작했다. 홀어머니는 한밤중에 저 초록색 대문을 열고 나와 개울을 조심스레 건넜지. 그녀가 다리를 건널 때 울던 개구리도 소리를 멈춰 물소리가 더욱 크게 들렸어. 보름달이 휘영청 밝은 날이면 개울가가 낮보다도 훤해 씨 빠진 해바라기의 눈들마다 달빛이 들었겠지. 그토록 조바심쳐서 건넛마을 홀아비를 만나려고 했던 그녀, 개울에 버선발을 빠뜨리고서 얼마나 난감했겠나.

아, 난감함! 우리 삶에 이러지도 저러지도 못할 때가 얼마나 많은가. 그때마다 선택이란 게 쉽지 않아 눈을 질끈 감아야 한다. 이윽고 눈을 뜨고 어디론가 가야 했지만, 대개는 본능이 부르는 곳으로 향하지 않았던가. 홀어머니는 한밤중에 개울을 건넌 그 뜨거움으로, 그 솔직한 욕망으로 색계와 무색계, 이승과 저승의 경계를 지웠다. 그러자 이쪽과 저쪽이라는 고정관념이 사라졌다.

어머니를 한 여자로 이해한 자식들은 버선발이 젖은 어머니를 위해 다리를 놓았다. 진정한 효자란 그런 것이라며 동네 사람들은 그 다리를 '효자 다리'라고 부르기 시작했다. 홀어머니 다리는 고정관념 대신 휴머니즘이 들어선 이야기다.

이번 추석 가족이 모였을 때는 귀신사 홀어머니 다리 같은 미담들이 무성영화 시대 변사의 입에서처럼 술술 풀려나왔으면 좋겠다. 영화 '신과 함께'를 보니 이승에서 용서받은 죄는, 저승에서도 심판할 수 없다는 대사가 나오더라. 그렇다. 도덕과 규범의 시대는 오래전에 갔다. 효와 정절의 의미도 마땅히 달라져야 한다. 아무리 세종대왕이 유사 이래 성군이라 해도 그 시대로 돌아가 도랑 치고 가재 잡을 사람은 아무도 없을 것이다. 지금은 어느 때보다 용서와 사랑을 바탕으로 휴머니즘이 필요한 시대이다.

고유정, 2019년과 1933년 사이

누군가는 오천 년 묵은 원한을 복수하러 여자들이 요즘 태어나는 것 같다고
말한다. 무협지 대사처럼 복수는 복수를 불러오고…… 용서를 몰살하고 믹서기
로 갈아버린다면 이 나라는 지구상에 존재했다는 아주 미미한 흔적만 남겨 놓고
사라질 것이다. 뼈 몇 조각만 남은 고유정의 전 남편처럼.

고유정, 2019년과 1933년 사이

어렸을 때다. 누나들이 무섭다고 이불을 뒤집어쓰면서도 자꾸 보던 T.V 공포극이 있었다. 고유정 사건을 보면 '전설의 고향'이 떠오른다. 요즘은 남자들이 이불이라도 뒤집어쓰고픈 심정으로 고유정이라는 귀신을 바라보아야 하는 시대 아닐까.

언론에 자주 오르는 졸피뎀이나 사이코패스 같은 단어를 보면서 내내 불편한 심기였는데, 슈퍼에서 구매한 칼로 남편의 뼈를 바르고 살점은 믹서기로 돌렸다는, 인터넷에 떠도는 이야기에 이르러선 눈을 질끈 감아버리고 말았다.

세르지오 레오네 감독의 'Once Upon A Time In America'는 압착진개차 를 등장시켜 시체를 어떻게 처리했는지 암시하지만, 가정용 믹서기와 비교하면 낮은 수준의 공포 장면에 불과하다. 부엌이나 거실 테이블에 태연히 자리 잡은 필립스 믹서기에 자꾸 눈길이 간다.

을미년(乙未年 : 2015) 초겨울, 나는 버스를 갈아타려 점촌 시외버스터미널에서 내렸다. 산북면에 있는 김용사란 절에 가는 버스를 2시간 넘게 기다려야 했다. 그사이 이른 저녁을 한껏

늑장을 부려 먹었는데도 시간이 남아돌았다. 터미널 주변을 맴돌다가 우연히 창열각(彰烈閣)이란 작은 전각 앞에 섰다. 그 안으로 거무스레한 비석이 보였는데, '열부 동래 정 씨 창열각(烈婦東萊鄭氏彰烈閣)이란 제목과 건립연도인 1933년이 새겨 있었다. 그 아래, 내용에 해당하는 각자(刻字)는 한글이라 읽기에 어려움이 없었다.

동래 정씨 정달분이 안동 권씨인 권오성의 아내로 시집와서 병든 남편을 지극정성으로 병구완했으나 백약이 무효. 손가락을 깨물어 남편에게 단지수혈(斷指輸血)까지 했으나 끝내 남편을 살릴 수 없었다. 삼우제를 지낸 정씨는 시부모에게 유서 한 통을 남기고 연못에 투신 자살하였다.

비석을 세운 1933년이면 지금으로부터 100년도 안 되는 일제강점기다. 물론 그때라고 여성들 모두 동래 정 씨 같진 않았을 것이다. 그때를 샅샅이 뒤져보면 고유정 같은

엽기 살인녀가 한둘은 나올지도 모른다. 그러나 우리가 알고 있는 부모 세대를 통해 그때의 풍속을 짐작할 수는 있다. 그렇다. 몇 년 전 내가 버스에서 잘 못 내린 것도 아니고 비석을 잘못 본 것도 아니다. 2019년과 1933년 사이, 86년의 세월만큼 갑작스러운 변화가 우리 역사에 또 있었을까. 36살 고유정은 동갑내기 전남편과 이혼하기 전 갖은 욕설을 퍼부었고 심지어 폭행도 일삼았다. 전 남편의 동생 얘기로는, 형이 고 씨에게 그렇게 당하고도 별 대응하지 않았다고 한다. 왜 그랬을까? 누가 나에게, 그 두 사람의 관계를 '업보'라고 표현했다. 인류의 역사가 남녀불평등의 역사였으므로 그 과보를 받는다는 얘기였다.

불편부당한 일이 많긴 많았다. 내 아버지만 해도 술에 취해 귀가해선 폭력에 가까운 언행을 서슴지 않았다. 그 때문에 아버지가 취한 기색을 보이면 어머니는 뒤꼍으로 슬그머니 피신하곤 했다. 그 당시 토끼를 키우는 집들이 많았고, 우리 집 뒤꼍에도 토끼장이 있었다. 재래시장에서 어쩌다 눈알이 빨간 토끼를 보면 뒤꼍에서 아버지가 잠들기를 기다리며 토끼와 함께 웅크리고 앉은 어머니가 생각난다. 내가 지금도 문짝이 흔들리는 사소한 소리에도 놀라는 건 아버지가 그때 잡아 흔들던 대문 소리를 들었기 때문임을 고백한다.

　술자리에서 괴벽을 보인 고은 시인은 그로부터 오랜 시간이 지나서 불어닥친 미투(METOO) 열풍에 그의 모든 업적이 무효 판정을 받을 만큼 곤경에 처한다. 나도 아버지에게 그때 왜 그러셨냐고 따져 묻고 싶지만 너무 일찍 돌아가셨다. 유려하고도 날카로운 문체의 문화부 기자였다가 이상스레 정치 논객으로 바뀐 조선일보 김광일은 고은을 이해해야 한다는 논조를 펼친다. 어쩐지 김광일의 발언이 고은의 심정을 대변하는 것처럼 들렸다. 그러나 내 아버지처럼 술의 힘으로 객기를 부린 것이 아니고 문학적 거시성으로 사람 사이의 경계를 허물었다면, 잘못을 시인하고 용서를 구하는 과정도 경계를 허물어야 옳지 않을까. 내 아버지가 살아계시더라도 잘못을 추궁하기 어려우리라고 생각하는 건 고은 같은 지식인이 아니기 때문이다.

　그 옛날 우리의 어머니들은 남편에 무조건 복종해야만 집안을 건사할 수 있다고 믿었고, 그를 위해 철저히 가부장적 사회에 종속된 존재로만 살아가야 했다. 고은이 최영미 1인과 시비를 가리기 전에 대수롭지 않게 여겨온 이 땅의 여성들에게 용서를 구했더라면 얼마나 좋았을까. 고은뿐 아니라 누구라도 잘못된 과거라면 기꺼이 용서를 구해야만 한다고 나는 생각한다. 이해를 구하기보다 잘못을 시인하고 용서를 비는 일이 먼저이다. 용서를 비는데도 절대 용서는 안 돼, 라고 선을 긋는다면 복수가 아니고 뭐란 말인가. 누군가는 오천 년 묵은 원한을 복수하러 여자들이 요즘 태어나는 것 같다고 말한다. 무협지 대사처럼 복수는 복수를 불러오고…… 용서를 묵살하고 믹서기로 갈아버린다면 이 나라는 지구상에 존재했다는 아주 미미한 흔적만 남겨 놓고 사라질 것이다. 뼈 몇 조각만 남은 고유정의 전남편처럼.

어떤 여성 작가가 썼다. 금성에서 온 여자와 화성에서 온 남자가 지구에서 만나, 서로 도저히 이해할 수 없는 절망을 안은 채 더불어 살아가는 것이 연애와 혼인의 진면목이라고. 나는 고개를 흔들었다. 나는 금성과 화성 사이에 벽구멍이 있다고 생각하는 사람이다. 'Once Upon A Time In America'의 남자 주인공은 사춘기 때 벽구멍을 통해 발레를 하는 이웃집 여자를 훔쳐본다. 이웃집 여자는 물론 훔쳐보는 소년에게 충분히 자신을 드러낸다. 남자와 여자 사이는 보고 보이는 존재로도 아름답다. 벽구멍이 존재하는 한 별과 별 사이의 간격은 생각처럼 그리 넓지도 멀지도 않으리라고 나는 믿는다.

PART 2

카메라에 담긴 생각

부엌 창문에 올려놓은 자반고등어 같은 하루였네. 내일은 푸른 등
줄기 꿈틀거리며 먼바다로 나아가리.

봄

바람이 이따금 살풋하지만 아직 꽃이 열리기에는 이른 시기
이다. 어제가 춘분. 밤과 낮의 길이는 어제를 분기로 달라지기
시작한다. 길어진 햇빛을 체감하면서 봄은, 애정이 식은 지 오
랜데도 몸을 달라고 하는, 파렴치하고도 지겨운 남자인 겨울
과 이별을 꾀할 것이다. 봄은 무의탁 노인과 다름없는 그가 눈

치챌 수 없도록 조심스레 새 남자를 모색하겠지. 하루에도 몇 번씩 두 계절을 오락가락하는 바람에서 교묘한 요기를 감지한다. 애정을 먹고 사는 순정파도 고고한 지성의 소유자도 아닌 요부, 봄은 바람의 원격조정자이다. 이 여자는 냉정과 열정의 온도를 손가락 하나 대지 않고 조절하는 능력을 지녔다. 겨우내 멀리 보이던 산을 불러 가까이 다가오게도 하지만, 손으로 껴안으려는 순간 먼발치로 달아난다. 얼음을 녹여 시냇물로 흐르게 하고, 나무들로 하여금 새순을 돋아내도록 따듯한 숨결을 불어넣는다. 그러나 봄이 자아내는 모든 형상은 연기와 더불어 사라질 마술처럼 신뢰할 수 없다.

어쩌면 이 여자를 프로라고 불러야 할지도 모르겠다. 함부로 몸을 열어주지 않지만 설령 몸을 열더라도 까다로운 협상을 거쳐 자신의 몸값을 한껏 올려놓는 여자. 그렇다고 몸을 밥벌이로 삼는 여자하고는 엄연히 다르다. 봄이 요구하는 몸값은 자신을 향한 맹목에 버금가는 애정인 동시에, 정신과 육체의 균형을 팽팽히 유지하려는 평형감각인 것이다. 따스함과 차가움, 치열함과 무심함의 변주로써 가뜩이나 환갑이 부끄러운 나란 사람을 거리 한복판에서, 창문 곁에서, 나무 아래에서 쩔쩔매게 하는 지금은 봄, 봄이로구나.

경복궁 건춘문의 하늘

날씨

할 말 없을 때 주로 날씨를 얘기한다. 그렇다면 할 말 없을 때 구름이 피어오르고, 할 말 없을 때 비가 내리거나 그치는 건 아닐까.

사람과 사람 사이에 제때 날씨가 있다는 건 얼마나 다행스러운가. 날씨만큼 제때 사람의 마음을 알아보는 것도 드물다. 생각해보라. 제아무리 햇빛이 반짝이는 날에도 사람들 사이에 침묵이 괴어 있다면 어느 빌딩 뒤에 도사린 먹구름 같지 않던가.

그 어떤 침묵의 금도 날씨 앞에서는 쉬이 녹이 슬 것이다.

효자동의 하늘

하늘

하늘을 우러르면서 내 마음을 본다. 맨홀을 하늘에 걸어 놓고 맹렬하게 비를 뿌리더니, 분노하는 마음이 적도를 지나는 해로 바뀌어 이글이글 타오른다. 먹구름이 게으른 흑염소처럼 창문 곁을 지나더니, 어느새 맑게 개어 잘 닦인 유리창에 손바닥을 대보고 싶다. 하늘은 쓴맛 단맛 다 본 초월자처럼 무심한 표정을 짓지만, 나는, 내 마음이 혹여 표정을 잃어버릴까 봐 두렵다.

인디언 써머

벌써 이렇듯 더우니 올해는 그 어느 때보다 더우리라 입을 모은다. 어느 여름, 건물 벽을 타고 가파르게 쏟아져 내리는 햇빛은 가히 '폭양'이었다. 그때 나는 진저리를 쳤다. 어디 햇빛을 재단할 가위라도 없나. 점점 햇빛이 무서워지는 건 지구의 온난화와 무관하지 않아 보인다.

문득 떠오르는 영화, 팔월의 크리스마스. 자전거를 탄 아리따운 주차단속원이 땡볕을 피해 사진관 문을 열고 들어오면서 시작하는 영화…… 기적을 바라는 건 아니지만, 내 인생의 계절에도 인디언 써머(Iindian summer)가 잠시 머물다 가리라 소망해본다.

효자동 거리

운니동 골목길

비 그친 골목길

마른장마 끝에 며칠 비가 내렸다. 내 몸을 통과한 것들이 많았다. 비, 바람, 먹구름, 잠깐 비가 멈춘 사이 바람에 몸을 실어 먹구름을 뚫고 다닌 잠자리, 내 우산을 불안에 떨게 하는 천둥과 번개, 양수리 물안개처럼 발 없이 떠다니는 말더듬이 소설가 김유정…… 맑고 선량한 기운들이 내 몸을 지났다.

지금은 텅 빈 하늘이고, 내가 서 있는 땅은 평평하다. 그러나 아무 일도 없었다고 말할 수 있을까. 골목길에 고인 물웅덩이마다 하늘을 비추고 있다. 지상에서의 삶이 하늘과 무관하지 않다는 뜻일 것이다. 비를 기억하는 꽃들과 풀들이 담장과 아스팔트길 틈서리에서 보란 듯 피어난다.

빗줄기

빗줄기가 굵고 사납다. 처마 밑에 섰는데 오래도록 내릴 기세다. 이런 날 성냥팔이 소녀는 아예 처마 밑에 쪼그려 앉았겠지. 물론 비가 오고 습한 날은 성냥이 팔리지 않기 때문이다. 성냥이 잘 켜지지 않거니와, 켜졌더라도 곧 빗방울에 꺼진다. 그리고 보니 처마 밑에서 꽤 많은 사람이 나처럼 망연히 비를 바라보고만 있구나. 희망을 점화시킬 수 없는 시대의 우울이란 대체로 이런 풍경이겠지.

화동 골목길

장맛비

영화 해운대에서 '오후 3시 같은 사람'이라고 표현하는 대사가 나온다. 뭘 하기에 적당한 시간이 아니면서 아무 일도 안 하자니 뭔가 빠뜨린 느낌인. 여름 한낮이란 그 오후 3시의 폭이 넓어지고 게을러지는 시간이 아닐까.

장맛비에 모두가 충분히 젖어가고 있다. 집들도, 집들에 달린 창문도, 거리도, 거리에 선 가로수들도.

노올자

옛날엔 친구가 보고 실을 때 그의 집까지 찾아갔다. 대문이나 창문 앞에서 두 손을 입에 대고 나팔을 불었지. 노올자. 지금은 핸드폰으로 불러낸다. 안 놀아. 육성으로 거절당하는 일이 두려운지 문자를 사용할 때도 있다. 액정 위에 뜬 문자는 휘발성이 강한 물질, 참을 수 없는 존재의 휘발성이다. 시치미 뚝 떼고 삭제하지만, 마음 한켠이 캥긴다. 무관심, 무의미에 중독되지 않길 다행이다.

창성동 낮은 창문

꿈속의 꿈

어두워진다는 게 뭘까. 비밀번호를 풀려다 말고 손을 멈춘다. 바깥보다는 안에서 더 컴컴한 어둠이 밀려 나올 거 같다. 방안이 항상 환해서 문 앞에 서 있기만 해도 저절로 문이 열릴 것 같은 시기가 내게 있었다. 꿈속에서 꿈을 꾸던 그때.

견지동 골목집

청운동 인왕산 자락길

청운동 인왕산 자락길

사랑

　사랑하는 사람과 결혼하지 않았단다. 사랑은 거기서 끝났
다고, 아니 결혼이 사랑을 끝냈다고 한다. 사랑하지 않는 사람
을 위해 애를 낳고, 밥을 짓고, 빨래하는 동안 사랑하는 사람
과 걸었던 오솔길을 길게 자란 수풀이 지워버리고, 블랙커피
가 설탕 커피로 바뀌고, 함께 찍은 사진을 감춰 놓은 책을 이
사하면서 잃어버리고 난 후 어느새 사랑하지 않는 사람을 사
랑하게 되었단다.

옥인동 산동네

연탄

　밤은 모든 조명을 깨우며 도시를 잠재운다. 짐승처럼 불안
한 잠을 청하러 길고 먼 그림자를 물고 뒷골목으로 사라져가
는 그대, 조명 속에서 마지막으로 지워지기 전 잠시 연탄이 그
립다 연탄은 먼 옛날 나무여서 나무가 타면서 피어 올리는 연
기 사이로 천년의 강을 건너는 나룻배가 어른거리고, 건너편
강기슭에 검정 개가 어슬렁거린다. 밤마다 새끼줄에 매달려
주렁주렁 꿈을 흔드는 연탄.

필운동 계단집

고독

 메일을 받고도 답신을 못 하는 사이 모니터 뒤에서 벽이 허물어지기 시작했다. 자주 아프다는 당신의 메일에선 은행나무가 빠르게 잎사귀를 털어내고 있었다. 자판기에 얹혀 있는 내 손은 손등에 얹혀 있는 고요를 감지하면서 자꾸만 낙엽처럼 바스라져갔다. 부팅이 되지 않던 어느 날은 영혼의 수분이 갑자기 메말라서 당신과의 지나간 시간이 죽은 풀들로 가득 찬 벌판 같았다. 벽에는 어느새 커다란 구멍이 뚫려 검게 오그라든 낙엽을 은행나무가 밟고 있었다. 한 그루, 두 그루…… 일렬로 서서 황혼에 지워지는 낡은 집 쪽으로 길을 내면서 좁아진다. 적막이라는, 경계를 알 수 없는 배경에 둘러싸인 길을 내가, 공중에 뜬 내 발이 따라간다. 다가갈수록 문득문득 낯익은 집, 문을 열자 당신은 등을 보이고 모니터 앞에 앉아있었다. 신음을 내면서 끊임없이 전송되고 있는 메일들, 여전히 답신이 없는 침묵의 수신자는 나였다. 그리고 당신과 마주쳤을 때 진통제를 기다리는 찡그린 얼굴의 나를 보았다.

사직동 재개발지역

불길한 담장

무슨 수수께끼 옹벽 같기도 하고, 이층집 담장으로 접어들 때마다 시간이 모서리부터 부스러지고 있었다. 공기가 벽돌을 조금씩 갉아 먹는, 무슨 적막한 식사 시간 같기도 하고. 담장은 번번이 수상쩍었다. 낮은 발소리에도 금이 갔지만, 그보다는 넝쿨손이 느닷없이 모서리 뒤쪽에서 뻗어 나와 영영 돌아오지 못할 감옥으로 나를 데려갈 것 같았다. 담장 모서리를 돌 때마다 이층집 창문에 붉은 커튼이 나부꼈다.

누상동 빈집

늦은 사랑이 피워내는 악기

나에게 이상한 악기가 하나 생겼다. 건반이 있어 손가락으로 어루만지거나 활로써 컬 현이 있는 것도 아닌데 감은 눈으로 별자리를 헤아리듯 오래 쓸쓸했던 추억의 음표들을 불러 모은다. 슬픔과 희열을 가랑비에 희미하게 젖도록 변주해내는 것이 이 악기의 주법이다. 때때로 소리는 어두운 밤길을 지나는 겁 많은 귀에 우연히 들려오는 듯해서 깜빡이는 별빛에도 사라질 것 같다. 늦은 사랑이 악기를 데리고 홀연히 나타날 때가 있다. 악기 속으로 들어가 사랑을 연주하고 싶은 연인에게는 아무리 닦아도 겨울 하늘이 차갑거나 투명해지지 않는다. 길가의 나무는 가지마다 메마른데 담장은 잎새의 푸른 그림자들로 가득하다

두부, 순두부

신성일이 죽자 그의 아내 엄앵란은, 저승에 가서는 순두부
같은 여자 만나 구름 타고 놀면서 잘살라고 했단다. 순두부는

제기동 경동시장

아니지만 엊그제 경동시장에 가서 두부를 보았을 때 나는 엄앵란의 말이 떠올랐다.

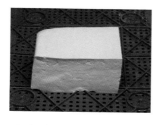

두부는 물기를 머금은 음식이다. 두부는 이빨에 살짝 닿았다가 물처럼 입속에 스며든다. 두부의 원재료는 콩이지만 결코 콩처럼 튀지 않는다. 두부는 저항하지 않고 순하게 몸을 내준다. 두부의 식감이 그러할진대 모판에 넣고 '눌러서 굳히지 않은' 순두부라면 순한 정도를 넘어 강물처럼 평화로운 경지이리라. 순두부의 어원은 수(水)두부이고, 수두부는 다름 아닌 물두부이다.

남편을 먼저 보내며, 물두부 같은 여자를 만나 평화롭게 살라고 발원하는 엄앵란에게서 잔잔한 슬픔이 전해온다. 자신은 그런 여자가 아니었기에…… 그러나 나는 자신을 탓하는 엄앵란의 마음씀에서 이른 아침 엄마 심부름으로 가게에 가서 사 왔던 두부를 기억해낸다. 김이 모락모락 피어오르는, 그 옛날의 따뜻했던 두부를.

송광사 아침 밥상

점심시간이다. 이따금 밥을 먹을 때 송광사 아침 밥상이 떠오른다. 잠도 깨기 전에 불쑥 눈앞에 들이닥친, 그 천둥 같은

송광사

비빔밥. 얼핏 보기엔 벼락이라도 맞아버린 것처럼 피폐한 식단이지만, 잠이 물러나고 눈이 밝아지면 이윽고 보인다.

내 앞에 차려진 밥상이야말로 공(空)의 모습이구나. 쌀밥은 강이고, 김치며 콩나물, 오이, 상치, 고추장 등속은 시냇물이다. 시냇물이 흘러 강물에 섞이고, 강물은 물결을 이루면서 바다로 간다. 바다는 어디로 가나? 눈에 보이지 않지만, 수증기가 낸 길을 따라 무럭무럭 하늘로 오른다. 내가 먹은 밥도 입속과 위장과 대장을 거쳐 세상 밖으로 다시 나온다.

비빔밥은 입속에 넣기 전부터 돌려야 하고, 모든 것은 회전해야 한다. 하늘로 올라간 바다는 눈비가 되어 지상에 내려온다. 공이란 그래서 한순간도 비어 있지 않다. 오히려 다른 것과 얽히고설켜 항상 돌아가고 있다. 저 하늘이 텅 빈 듯이 보이는 것은 오늘 새벽에 내린 비를 내가 보지 못한 것과 같다. 공이란 회전이라고 감히 말하고 싶구나. 아니, 공이란 공회전(空廻轉)이라고 정의하련다.

옥인동 골목길

꿈속의 재즈바

너는 내가 좋아하지 않는 것을 좋아했지. 소주를 마시고 싶은 구름 낀 날 칵테일 재즈바로 나를 이끌고 가선 찰리 파커 대신 퓨전 재즈를 들으면서 귀를 서먹하게 했지. 전셋집에 산다면서 스포츠카를 사고 싶어 했던 여자. 수상 도시라는 베네치아를 여행사 직원보다 상세하게 묘사했지만 너는 결코 근처에도 간 적 없었지. 담배 연기를 삼키고는 호들갑스럽게 생수를 마시던 여자. 내가 백석 시인을 좋아한다고 말했을 때 에즈라 파운드의 번역시에 감동했다며 눈을 섬벅이던 너는, 그 커다란 눈 속에 펼쳐진 포근한 이불로 쉽사리 나를 이끌지 않았지.

길 지나다 문득 발길 멈추고 바라보니, 재즈바는 그녀처럼 사라지고 없다.

삼청동 골목길

마광수의 나무

마광수 형님이 저세상으로 건너가셨다. 우리 모두는 외로움의 대지에 뿌리를 깊이 내린 나무라면서도 정작 당신 인생에 한이 쌓여 울고 싶다고 했다. 그렇다. 나무와 달리 사람의 열정에는 어쩐지 근원적인 절망이 배어 있다. 나무라면 그저 하늘을 올려다볼 테지만, 마광수 형님은 강을 건너 죽음 쪽으로 가버렸지. 덧없다. 당신께서 평생 추구한 에로티시즘에 동의하는 이승 사람이 몇이나 될까. 마광수 형님이 남긴 것도 결국은 절망밖에 없는 듯하다. 저승으로 흐르는 강은 건너가고 건너가도 끝이 없다고 한다. 그 때문에 나무는 외로워도 자기가 태어난 자리에서 평생토록 살고 있는지도 모르지.

그런데 삼청동에서 본 나무는 누굴 닮아선지 정말 야해 보였다.

지금은 확실한 영상 시대

　인터넷 강국으로 불리는 우리나라에서 새로이 주목할 현상 중 하나가 도촬(盜撮), 즉 몰래카메라이다. 지극히 사적인 공간에서의 모습을 허락 없이 몰래 촬영하는 것이다.

　타인 엿보기의 참을 수 없는 관음증으로부터 비롯한 몰카

누하동 CCTV

는 한동안 명문 여대 화장실을 들춰내서 관심을 끌더니, 도락적 자기 바라보기인 ㅇ양과 ㅂ양의 셀프카메라와 맞물리면서 이제는 타자 구분 없는, 총체적 보기 문화로 뻐젓이 자리 잡았다.

몰카 제작업자들끼리의 경쟁이 치열해지면서, 새로운 소재가 첨단장비로 무장한 채 속속들이 등장했다. 가정의 침실, 모텔, 비디오방, 노래방들은 예사이고, 헬스클럽, DDR 발판, 산부인과까지도 몰카의 영역 안에서 원격조정된다.

냉전시대의 스파이나 사용했을 초소형 카메라를 구두코에 부착하여 백화점, 대학가 등등 사람이 북적대는 곳을 어슬렁댄다. 여성의 치마 속도 카메라로부터 안전하지 않다. 심지어는 적외선 필터를 부착해서 철판으로 속옷을 입은들 소용없다고 비웃는다.

그런데 휴대폰에 부착된 카메라 기능이 첨단화하면서 도촬을 프로들만의 전유물로 여길 수 없게 됐다. 선과 악을 구분하는 데 더없이 필요한 장비인 CCTV의 일반화는 아예 도촬이란 개념 자체를 무효화 했다. 여기저기 카메라에 찍힌 남녀노소가 동영상으로 실시간 온·오프라인에 떠오르는, 지금은 확실한 '영상 시대'이다.

떼아뜨르 추는 어디로?

추송웅은 걸음걸이부터 특이했다. 팔은 앞뒤로 흔들리는데
옆으로 걷는 것처럼 보이는 게걸음이다. 뒤에서 보면 뒤통수도

저동 삼일로 창고극장

궁둥이도 납작해서 상자에 다리가 달려서 거리를 지나는 모양새였다.

뱁새 눈꼬리는 관자놀이 방향으로 치켜 올라갔고, 간혹 열리는 입술은 조그만 상자 뚜껑과도 같았다.

그 얼굴로 원숭이 흉내를 잘 냈고, 카프카의 엽편을 극화해서 직접 연기하곤 했다. 참 유별난 사람이었지…… 그가 일찍 세상을 뜨지 않았다면 가끔 원숭이를 보러 떼아뜨르 추에 갔을지도 모른다.

자기 성을 따서 떼아뜨르 추란 극장을 만든 추송웅이 죽자 삼일로 창고극장으로 간판이 바뀌었다. 그때나 지금이나 실험극을 하는 모양인데, 실험극이란 게 보고 나면 금세 줄거리를 잊어먹는다.

옛날에 내가 떼아뜨르 추에서 뭘 봤는지 기억이 새하얗다. 다만 연극을 보고 난 후 벽의 갈라진 틈 같은 작은 카페에 들러 친구들과 히죽거렸던 기억만 희미하게 남았다.

섬이라 불린 그곳. 전깃줄을 묶는 녹색 테이프에 가까스로 매달려 지금도 남아있을까?

거울

카메라를 메고 다니다 굽은 언덕이나 휘어진 골목에서 볼
록거울을 마주치면 내가 걷는 이유가 무언가에 반영된 나를

낙원동 순대국집

찾으러 다니기 때문이리란 생각에 걸음을 멈추곤 한다. 아침에 일어나면 흐릿한 눈으로 더듬거리듯 찾아내는 것 중 하나가 벽거울이다. 거울이 그 자리에 있어야만 나는 왠지 안심 된다. 슬픈 꿈에서 깨어나자마자 허겁지겁 일어나 그 앞에 선 적도 있었다. 꿈에서 울었는지 눈동자에 물빛이 그렁그렁했다. 어렸을 때 세수하다 말고 세숫대야에 어른거리는 내 그림자를 물끄러미 바라보곤 했는데, 그 모습이 내 오랜 습관의 전조이진 않았을까. 엘리베이터를 기다리면서 닫힌 문 속에 비친 나를 바라보다가 갑자기 활짝 열리는 문에 소스라치게 놀라기도 한다. 번화가 상점 유리창 너머에 진열된 물건을 바라보다가 이내 거울에 비친 내 모습을 더 오래 바라볼 때도 있다. 테이블을 사이에 두고 누군가와 마주 앉았을 때 상대방 눈동자에 빠진 내 모습에 팔려 그가 건네는 말을 알아듣지 못한 것이 어디 한두 번이던가. 누군가 내 습관을 눈치채고는 '자의식이 강한 사람'이라고 평가했는데 나는 부인하지 않았다. 그러나 자신을 바라보기 쉽지 않아서 무의식적으로 거울을 바라본다는, 더 그럴싸한 속내를 털어놓고 싶었다.

낙원동 악기상가 거리

불만의 이유

널리 알려진 대로 고객의 불만을 수용하는 기관이 있고, 담당자가 있다. 대부분 통신을 통해 불만을 접수하고, 재빨리 해결책을 제시한다. 유형무형의 상품 판매에 따른 부가서비스라지만 이건 놀라운 임무가 아닐 수 없다. 구매한 상품이 불만의 전부가 아니라면, 바꿔 말해 소비자의 불만이 구매 상품보다는 개인적인 이유에 근거한다는 좀 더 심층적인 분석이 타당성을 획득한다면, 고객 불만 전화에 자동으로 입력해 놓는 멘트에 유연성을 기할 필요가 있을 것도 같다.

불만 사항이 있으신 분은 1번, 이성과 만남을 원하시면 2번을 눌러주세요.

PART 3

글의 풍경

때때로 어떤 길은 공중을 가로지른 가느다란 밧줄과 같다. 그 길을 안전하게 걸으라고 기다란 장대를 올려주면 그만인 것을, 사람들은 그러는 대신 땅 위에 밧줄을 내려놓고 그 위를 걸으라 한다.

　참된 글쓰기란 실로 자신의 불행을 직시할 때에만 그 자격이 주어지니, 작가
란 불행을 토대로 다만 성실하게 글을 쓸 뿐이라는 게 토마스 만의 전언이다.
　– '토니오 크뢰거' 중에서.

　사실은 나도 된장국에 드리운 그늘도 그림자도 아닌 거무스름한 색깔, 그 정
체가 냉이 때문인지, 시래기 때문인지, 다른 무엇 때문인지 궁금했었다.
　　— '다니자키 준이치로의 음예예찬' 중에서.

| 토니오 크뢰거

  토마스 만의 소설 '토니오 크뢰거'의 주인공 토니오는 성공한 문인이다. 명성을 얻어 생계에도 별 지장이 없는 문인이라 바꿔 표현하면 더 가까이 그의 외피를 알아볼 수 있다. 유명작가 토니오는 우쭐한 기분으로 고향을 방문한다. 그러나 그는 고향 사람들의 환대에도 불구하고 어쩐지 여행자 신세를 면치 못하는 느낌에 빠진다. 고향 사람들에게 떳떳하기는커녕 성장기에 그러했듯이 여전히 내면의 평화를 얻지 못해 절절맨다. 불교적으로 보면 본인깐에는 한소식했을지 몰라도, 입전수수(入鄽垂手)에 이르지 못하고 방황하는 경계인에 머문다. 고향 사람들이 잔치를 벌이는 댄스파티 장소에서 회한에 싸인 그는 속으로 고백한다.

설령 내가 '아홉 개의 교향곡'을 작곡하고, '의지와 표상으로서의 세계'를 집필하고, '최후의 심판'을 그렸다 할지라도, 그것들을 오로지 나 혼자의 힘으로 이루었다 하더라도, 너는 영원히 나를 비웃을 권리가 있다.

여기서 너는, 성장기 때 짝사랑했던 잉게보르그 홀름으로 대표되는 고향 사람들, 부처나 예수가 일찍이 통찰했던 저 위대한 중생들이다. 토니오는 고향 사람들을 오히려 부러워하면서, 그들에게서 삶의 진면목(本來面目)을 발견한다.

가을이 가까운데도 매미 울음이 창문을 떠나지 않는다. 요즘 대한민국을 떠도는 흉흉함에 오래전 내가 읽은 고전이 떠올랐다. 토니오의 이 고백은 두 가지 의미를 담고 있다. 저잣거리를 우습게 여겨 자신이 이룬 작은 성과를 자랑하려다간 난관에 봉착할 수 있다는 것. 자신이 더 크게 변하지 않고서는 저잣거리에서조차 진리를 설파하기 어렵다는 것. '너는 영원히 나를 비난할 수 있다.'는 고백의 마지막 문장처럼 비판할 자격을 갖춘 사람이 반드시 나보다 똑똑해야 할 까닭은 없다. 이는, 누군가로부터 칭찬받을 때도 자격이 따로 정해질 이유가 없다는 사실과 균형을 이룬다. 물론 그 어떤 비판도 진리를 의미하지는 않는다. 결국 토니오는 평범한 사람들과 마찬가지로 '성실하게 살아야겠다'는 다짐 외에는 고향 방문에서 얻은 게 없다. 아직 미완성에 머문 수행자인 것이다.

지금 우리는 무엇이 옳고 그르다고 말한다. 그러나 그런 이분법의 울타리를 훌쩍 뛰어넘어 가끔은 고전으로, 옛사람들의 생각 속으로 돌아갈 필요가 있다. 아직 겪어보지도 않은 미래를 위해서라며 현재를 파탄 내는 분란은 그만 멈췄으면 좋겠다. 반도체에 희망을 걸어 가난하게 사는 법을 잊은 것도 조상에게 부끄러운 짓이다. 일부러 케케묵은 옛날 책을 꺼낸다. 책을 열자 누런 종이에서 오래 묵은 향이 피어오른다. 토니오 크뢰거처럼 과거 세계로 돌아가 깨달음을 구하는 것도 한 가지 방법 아닐까.

그리 까마득하지 않은 과거를 돌아보겠다. 1978년, 오래전 작고하신 소설가 이청준으로부터 한 학기 강의를 들었다. 당시 선생은 훗날 2회 이상문학상을 수상한 '잔인한 도시'를 쓰고 있었다. 선생의 강의 내용은 문예창작·창작실기에 관한 것이었다. 학생들에게 글 쓰는 법을 가르치면서도 선생은 정작 글쓰기의 어려움을 토로하곤 했다.

글쓰기가 어려울 때, 쓰는 글이 더는 진전되지 않을 때 읽는 책이 있다고 했다. 토마스 만이 쓴 '토니오 크뢰거'였다.

그러니까 토니오 크뢰거가 선생에게는 창작 교본인 셈이었다. 왜 토니오 크뢰거를 읽었을까? 해답은 토니오 크뢰거 안에 있다. 선생님이 토로한 글쓰기의 어려움은 문장이나 기법에 국한하지 않았기 때문이다. 단편, 혹은 중편이지만 장편에 버금가는 주제의 중량감을 지닌 토니오 크뢰거는 토마스 만의 성장기를 드러낸 소설이다. 매우 솔직하게 드러내서 작가가 감당해낸 굴욕이 내게도 전이되는 느낌이었다. 그러나 그걸 굴욕이라 표현하는 건 적절치 못하다. 작가란 무릇 가차 없는 드러냄을 통해 진실을 획득하는 사람 아닌가.

토니오 크뢰거는 드높은 정신의 경지에 올랐다고 명망이 자자한 소설가이다. 그런 그가 뜻밖에도 '평범한 삶에서 얻어지는 행복을 맘껏 누리는 푸른 눈의 사람들과 가까이할 수 없었던 성장기'를 회고하면서 가슴 쓰라려 하는 사람임을 밝히는 과정이 이 소설의 흐름이다. 마지막으로 토니오 크뢰거는 글쓰기를 삶의 방식에 비유하는 편지를 화가인 리자베타에게 보낸다. 편지를 통해 성실하게 살아야겠다고 다짐한다. 성실하게 사는 것이 작가가 지켜야 할 덕목임을 밝히는 표현은 너무

나도 평범해 보인다. 그러나 한 작가가 성실한 삶을 다짐하기까지 겪어야 했던 가혹한 운명의 진실을 발견한다면 글을 쓰는, 써야 하는 보다 근원적인 이유와 맞닥뜨리게 된다. 참된 글쓰기란 실로 자신의 불행을 직시할 때에만 그 자격이 주어지니, 작가란 불행을 토대로 다만 성실하게 글을 쓸 뿐이라는 게 토마스 만의 전언이다.

토니오 크뢰거는 성장소설의 전범이다. 그리고 독일의 소설을 한때 성장소설이 주도했다. 헤르만 헤세가 그랬으며, 프란츠 카프카의 소설은 아예 미성년·미완성으로 끝난다. 이청준 선생은 토마스 만의 토니오 크뢰거를 글쓰기의 교본으로 삼은 걸 나로서 감히 추측컨대, 아마도 밥벌이 때문에 세상과 타협하지 않을 수 없는 자신을 채찍질하기 위해서가 아니었을까. 설령 소설가가 후학을 키우기 위해서란 명분으로 교단에 설지라도, 그 순간부터 더는 소설이 써지지 않는다는 게 그들의 공통된 고백이기 때문이다. 글쓰기의 절절함이 세속과 일상에 의해 흐려졌을 때 성장기의 자신을 돌아보며, 왜 글을 써야 했는지 잊지 말아야 한다는 것을 토니오 크뢰거를 읽으란 말로 대신하셨던 듯하다.

불교에서 출가자 본분이란 말이 있다. 머리를 파랗게 깎고 중이 되었을 때의 마음, 초발심(初發心)을 잊지 말아야 평생 수행의 중심이 흔들리지 않는다는 것이다. 글을 쓰는 사람도 그와 다르지 않다.

신교동 가옥

| 내버려 둬

   누가 방공호, 라고 했다. 건물 한켠에서 좁은 통로가 입을 벌리고 있었다. 안쪽으로 몇 발짝 들어서니 서늘하고 으스스한 기운이 감돈다. 거미줄 사이로 아무렇게나 쌓아 올린 낡은 책상과 의자가 보인다. 모퉁이 지나서도 무언가 쌓여 있었으나 캄캄해서 보이지 않았다. 느닷없이 사이렌 소리가 맹렬히 터져 나오고, 벽이 쩍쩍 금 갈 것 같았다. 발길을 돌리자 입구에서 나를 기다리는 동행자들이 햇빛을 등지고 있다. 오디세이의 모험담을 들을 차례인 것이다. 올봄, 모교를 방문했을 때 얘기다.

   베트남전이 한창일 때 포크 뮤지션 조앤 바에즈는 하노이 메트로폴 호텔의 지하 방공호에 있었다. 호텔 바깥에서 미군의 공습을 알리는 사이렌 소리가 들리고 폭탄이 수없이 터졌다. 이어 폭격이 휩쓸고 지나간 자리에서 한 베트남 여인이 흐느꼈다. 어디에 있니, 내 아들아? 삶과 죽음의 경계를 체험한 조앤 바에즈는 그 순간 23분에 이르는 다큐멘터리에 가까운 곡, 'Where Are You Now, My Son?'을 구상한다.

2019년 2월 27일과 28일, 트럼프와 김정은은 그 호텔에서 역사적 회담을 두 차례 열었다. 조앤 바에즈가 전쟁의 참상을 겪은 지하 방공호 위에서 회담을 연 것이지만, 웬일인지 내겐 워 게임(War Game)인 양 보였다. 희극배우 뺨치는 두 사람의 기묘한 생김새 때문일까.

어찌 된 노릇인지 메트로폴의 지하 방공호는 지난 2011년에야 호텔을 보수하다가 발견됐다고 한다. 내가 모교에서 본 방공호보다 좁은, 겨우 한 사람이 다닐 정도의 통로였다.

나는 군대 복무 중 1년을 백학 G.O.P에서 보냈다. 휴전선을 지키는 임무였다. 총부리를 돌려대라, 국군용사여. 철책 너머로 대남방송 적대락(笛待落)이 들리고 이쪽에서도 확성기를 틀었다. 지독한 추위와 권태로움을 견디려 초소의 국군들은 새벽하늘에 대고 악을 쓰듯 유행가를 불렀다. 머리 위에서 폭탄이 터질 수도 있겠지만, 아직 겪지 않은 전쟁은 추위와 권태만도 못했다.

'겪어봐야 안다'란 말이 있다. 1945년, 히로시마와 나가사키에 핵폭탄을 맞고 일본의 왕 히로히토는 무조건 항복을 선언했다. 전후 일본이 제정한 평화헌법은 패배의 치욕 위에 기초한 것이었다. '세계 각국은 자국의 일에만 전념해서는 안 되며, 좀 더 타국의 일을 생각하라'는 것이 평화헌법의 전문(前文)이다. 되살아난 군국주의의 망령에 언제든 무용지물로 전락해버릴 위기의 문장이다. 지극히 유통기간이 짧은 반성을 거친 후 일본은 다시 군사대국으로 부상하려 호시탐탐 기회를 노리고 있다. 전쟁을 겪지 않은 세대가 일본을 주도하겠지만, 이번 반도체 소재 화학물질 규제를 보건대, 진주만 습격은 아직도 끝나지 않았다.

대한항공 사주 가족, 죽은 조양호를 비롯하여 모두가 자본을 물려받은 자들이다. 조양호 아내는 공사장에서 서류를 집어 던지고, 딸들은 땅콩과 물컵을 비행기와 사무실에서 각각 집어 던졌다. 그들이 그토록 쉽사리 집어 던지는 까닭은 단 한 번도 가난을 겪어보지 않았기 때문이라고 나는 생각한다. 그래선지 삼성 이재용이나 SK 최태원 같은 재벌 2세들도 미덥지 않다. 그들이 아무리 외국에서 좋은 대학을 나오고 경제

선생으로부터 특별 과외를 받았다고 해도 내가 겪는 가난을 구제하고 구휼할 인물로는 보이지 않는다. 그들이 옥탑방이나 반지하에 살아보지 않아서가 아니다. 그들에게서는 카네기나 스티브 잡스에게서처럼 철학이나 인간미가 느껴지지 않는다.

대학병원에 가면 대부분 의사가 형식적인 인사를 마치고는 곧장 모니터에 눈길을 박는다. 증상을 설명하는 동안 환자와 눈을 맞대는 의사는 극히 드물다. 심지어 암을 선고할 때도 그런 태도이리라 여겨진다. 그런 그들도 막상 자신이 암에 걸렸음을 알았을 때는 당혹감을 느낀다고 한다. 평소 환자를 이해하는 데 소홀한 의사였으므로 그 충격은 당연히 클 수밖에 없다.

벌써 작년인가, 졸업기념 교지를 만들자고 동창의 사무실에서 모였다. 그 자리가 마련되기 전에 한바탕 '단톡방'에서 의견이 분분했다. 종이책을 읽지 않는데 만들어 무얼 하느냐, 전자책이 제작비 덜 들어간다고 주장한 친구는 보이지 않았다. 무슨 잡지인지 문학단체를 통해 등단한 시인이라는 친구의 입에서 편집비 20만이면 어디서든 할 수 있고…… 라는 소리가 들리는 순간 자리를 박차고 일어나고 싶었다. 회의가 끝나고 돼지갈비를 안주로 술을 마셨고, 누군가 동창회 기금에서 회식

비를 떼 편집비 20만 원이 넘는 돈을 지불한 거 같다. 다음날 나는 그 악몽과도 같은 단톡방에서 탈출했다.

누구에게는 문학이 본업 이외의 기호일 수 있지만, 누구에게는 가난과 불평등을 자초한 일생일대의 선택인 것이다. 누가 옳고 그름을 따지자는 게 아니다. 남의 삶을 대신 살 수야 없겠지만, 겪어보지 않았더라도 남의 입장에서 충분히 생각한다면, 개개인의 사소한 충돌은 물론 국가 간 전쟁도 예방할 수 있으리라. 쉬운 방편이지만 실천에 옮기긴 지극히 어렵다는 사실을 나는 알고 있다.

최영미 시인의 최근 시 한 편 소개한다. 서교동 블루스 이후 가장 내 마음에 드는 '내버려 둬'란 시다.

시인을 그냥 내버려 둬
혼자 울게 내버려 둬
가난이 지겹다 투덜거려도
달을 쳐다보며 낭만이나 먹고살게 내버려 둬
무슨 무슨 보험에 들라고 귀찮게 하지 말고
건강검진 왜 안 하냐고 잔소리하지 말고
누구누구에게 잘 보이라고 훈계일랑 말고

저 혼자 잘난 맛에 까칠해지게 내버려 둬
사교의 테이블에 앉혀 억지로 박수 치게 하지 말고
편리한 앱을 깔아주겠다,
대출이자가 싸니 어서 집 사라,
헛되이 부추기지 말고
집 없이 떠돌아다니게 내버려 둬
헤매다 길가에 고꾸라지게
제발 그냥 내버려 둬

┃ 댈러웨이 부인을 읽었다

댈러웨이 부인(Mrs. Dalloway)을 읽었다. 스무 살의 나로 돌아가고 싶었다. 135년 전 세상에 태어난 버지니아 울프가 나를 데려다주리라. 그러나 역시 감당하기 어려운 시간을 버텨내야 하는 책이었다. 그런 책에 세계 명작이란 타이틀이 붙어 있으면 내 정신을 측량하는 시험 기간이기도 해서 부담스럽기도 하다.

제임스 조이스의 '젊은 예술가의 초상'을 처음 읽은 스무 살때는 그래도 지적 모험심이 강했던 때다. 조이스의 단편집 '더블린 사람들'에서 느꼈던 감동은 덜했지만, 이야기를 전개해가는 독특한 문장을 볼펜으로 적어가며 이해하는 재미가 있었다. 이어서 율리시스 차례. 도저히 읽을 수 없었다. 그래도 나 율리시스를 읽었어, 자랑하려고 이를 악물었다가 책을 던져버렸다. 조이스는 정교한 묘사에 총력을 기울여 독자를 지겹게 하는 데 희열을 느끼는 괴짜였다.

버지니아 울프의 댈러웨이 부인도 다르지 않았다. 젊은 예술가의 초상과 비슷한 수준의 인내심을 요구하는 소설이었다. 이번에는 스무 살 때처럼 정독하지도 필사하지도 않았다. 담담히 읽었고, 읽다가 지루하면 훑어보았고, 별로 중요하지 않은 서류처럼 페이지를 넘기다 탁, 책장을 덮었다. 복선이 깔린 대목도 없었고, 반전을 기대하게 하는 내용도 없어서 부분을 읽어도 전체를 읽은 거나 다름없는 책이었다. 다만, '그녀는 걸음을 늦추고 핸드백을 열어 그가 있는 쪽을, 그가 아니라 단지 그쪽을 흘끗 돌아보았다. 작별을 고하는 눈빛, 그 모든 상황을 의기양양하게 일축하는 눈빛이었다.' 이런 대목은 스무 살 때처럼 필사해서 오래 기억해두고 싶긴 했다.

소설 읽는 독자가 해마다 줄어든다고 한다. 교보문고에서 집계한 베스트셀러 목록을 보면 에세이가 태반이다. 에세이는 소설과 사뭇 다른 작법이다. 수필이란 다른 이름에서 보듯이 물 흐르듯 쓰는 글이다. 음풍농월하는 글이고, 나쁘게 표현하자면, 꼴리는 대로 쓰는 글이다. 에세이는 작가가 전하고 싶은 말을 독자가 유추하도록 끊임없이 묘사하는 소설과 달리 직설법을 자주 쓴다. 에세이가 주력하는 문체는 설명체이다.

내가 에세이를 읽을 때 못마땅하게 생각하는 부분은 누굴 가르치려 드는 것이다. 에세이 작가마다 경쟁하듯 선생 노릇을 하는 기분이다. 더 나아가서 철학자거나 선지자인 양 끊임없이 잠언을 생산해낸다. 어떤 잠언은 사이비 교주를 닮았지만, 서울대나 하버드 대학교 나오면 다 용서가 되는 게 대한민국의 독서계 아닌지 의심스럽다. 자비 출판이란 것이 성행하는 시대여서 사이비 교주들이 더 늘 수도 있다. 그러나 나는 알고 있다. 내 인생은 내 것이므로 어느 교주가 아무리 그럴싸하게 인생의 진리를 전해줘도 남의 인생일 뿐이라는 것을.

요즘 스마트폰을 손에 쥐고 대화하는 사람들이 적지 않다. 글을 쓸 때도 스마트폰을 쥐고 있으리라 의심한다. 인간의 생각이 급작스레 외장화 돼버렸다. 인간은 이제 뇌를 다 써버린 것일까?

그러나 나는 인간의 뇌가 지닌 무한한 잠재력을 믿는다. 컴퓨터 데이터에 의존하지 아니하고 끊임없는 호기심과 추측으로 지적 세계를 추구한다면 말이다.

어제저녁엔 알랭 드 보통의 소설을 빌렸다. 전에 누가 나더

러 보통의 글과 비슷하다고 했는데 그 이유가 궁금했다. 나는
그의 소설을 한번도 읽어본 적이 없다. 이야기를 전개하는 습
관이 비슷하다는 걸까? 아니면 문체가?

정독도서관에서 보유한 그의 여러 소설 가운데 '우리는 사
랑할까'를 골랐다. 오래전 최인훈 선생한테 들은, 소설은 위대
한 가정(假定)이란 말이 생각나서다.

누굴 좋아하게 되는 순간이랄까, 어떤 계기가 있다. 지하실이나 외딴 방 같은 데서 만난 혁명동지에게 단번에 마음을 뺏길 수도 있고, 정기적으로 만나는 사교클럽에서 처음에는 그닥 눈에 잘 띄지 않던 사람인데 어느 때 같은 테이블에 앉고 나서 친해질 수도 있다. 직장 상사나 거래처 직원의 웃는 얼굴에 반할 수도 있지만, 화내는 모습에 갑자기 빵 터져서 그전보다 훨씬 가까워질 수도 있다. 나로 말하자면 화장실 뒤로 담뱃불을 빌리러 온 한 여자 후배와 친해져 수년간을 연인 사이로 지냈다.

나는 무라카미 하루키의 단편소설 하나만을 제대로 읽었다. 하루키 글이 내 취향과 멀어서가 아니라, 꼭 읽어야 하는 작가로 여겨지지 않았던 것이다. 하루키라는 일본의 소설가가 우리나라에 알려질 무렵이 내겐 가장 먹고살기 바빴기 때문인지도 모른다. 하루키 책을 사려고 교보문고에 줄지어 선 우리나라 청년들을 보고 유명세를 실감했지만, 하루키에 무심한 마음은 달라지지 않았다. 그의 단편소설을 읽었을 때 우아하면서 감각적인 문장을 선호하는 독자에게 어필할 수도 있겠거니 짐작했을 뿐이다. 하루키를 예찬하는 소개글이 워낙 넘쳐 그럴 자격을 갖춘 작가로만 하루키를 알고 있다.

한때 나는 음악동호회 사이트에 짧은 글을 쓰는 걸 낙으로 삼았다. 팝, 재즈, 록, 클래식 등 다양한 음악이 하루가 멀다고 홈페이지 게시판에 올라왔다. 나는 청년 때 심취한 록 이야기를 썼고 소소한 일상을 다룬 잡글도 곁들였다. 고료가 나오지는 않았지만 댓글로 이어지는 즉각적인 호평에 모니터를 향해 소리 없이 웃곤 했다. 밥벌이에 몰두해야만 했던 시기의 소확행(소소하지만 확실한 행복. 이 소확행이란 신조어도 무라카미 하루키 어록에서 나왔다고 한다)이었다.

10년 전, 그때 썼던 글들을 모았었다. 허기를 채우듯 글을 쓰는 내 모습이 안쓰러운지 한 친구가 책을 내자고 제안했다. 광고회사로 돈을 번 그가 출판계로 발을 넓히려 했을 때였다.

그러나 친구의 사업이 돌연 휘청거리면서 나까지 글쓰기를 중단할 수밖에 없었다. 그가 유일하게 책을 내자고 내게 제안한 사람이기 때문이다.

갑자기 무라카미 하루키가 생각난 건 그때 내가 쓰려 했던 음악 이야기에 관련해서다. 엊그제 나는 그 원고를 책상 서랍에서 발견했다. 이상하게도 잊어먹을 때면 숨바꼭질처럼 나타나는 원고다. 밥 딜런, 조앤 바에즈, 재니스 조플린, 짐 모리슨, 김정미, 쳇 베이커 이야기가 가난한 집 아들딸처럼 나를 올려다본다. 족히 450페이지는 넘겠다. 하루키는 음악에 조예가 깊기로 소문난 작가다. 그래선지 포털 검색창에 하루키가 소설에 삽입한 음악, 하루키가 쓴 음악 에세이, 하루키가 음악에 관해 쓴 글들을 우리나라 애호가들이 편집한 책들과 그 밖의 글들이 넘쳐난다.

그중 한 블로거가 인용한 하루키 글에 눈길을 멈췄다.

'도넛의 구멍을 공백으로 받아들이느냐, 존재로 받아들이느냐는 어디까지나 형이상학적인 문제이며, 그러한 일로 인해서 딱히 도넛의 맛이 변하는 것은 아니다.'

하루키가 불교신자였나? 도넛의 구멍을 공백으로 받아들이느냐, 존재로 받아들이느냐. 대승불교의 공(空)을 얘기하는 것 같아서 놀라웠는데, '그로 인해 도넛의 맛이 변하는 것은 아니다.'라는 결구는 곡선을 그리던 야구공이 홈플레이트를 지나면서 직구로 돌변한 느낌이다. 무엇보다 변화무쌍한 하루키 글이 좋아졌다!

　아무래도 정독 도서관 문이 열리기를 기다려야겠다. 거기 가서, 어쩌면 내가 고집스레 읽기를 마다한 하루키의 대표작 '상실의 시대'부터 빌려와야겠다.

| 김승옥, 서울 1964년 겨울

중국집에서 거리로 나왔을 때 우리는 모두 취해 있었고, 돈은 천원이 없어졌고 사내는 한쪽 눈으로는 울고 다른 쪽 눈으로는 웃고 있었고, 안은 도망갈 궁리를 하기에도 지쳐버렸다고 내게 말하고 있었고, 나는 '악센트 찍는 문제를 모두 틀려버렸단 말야, 악센트 말야'라고 중얼거리고 있었고, 거리는 영화광고에서 본 식민지의 거리처럼 춥고 한산했고, 그러나 여전히 소주 광고는 부지런히, 약 광고는 게으름을 피우며 반짝이고 있었고, 전봇대의 아가씨는 '그저 그래요'라고 웃고 있었다.

— 김승옥, '서울 1964년 겨울'

종로 3가, 낙원동에서 종묘에 이르는 밤거리를 거닐면 포장마차를 쉬이 볼 수 있다. 말하자면, 포장마차 거리다. 그 거리를 지날 때마다 미아리 천변의 포장마차가 생각난다. 포장마차 주인은 처녀이고 단골손님인 나는 퇴근길이면 들르는 그 동네 총각이었다.

처녀가 꼼장어나 닭똥집 안주를 쓱쓱 잘도 만들어 언제나 포장마차 안은 손님으로 붐볐다. 나처럼 단골인 구청 공무원이 날마다 주인을 찝쩍거리고 그녀도 농지거리로 천연스레 받아넘겼으나, 그가 가고 나면 내게 바싹 다가왔다. "나 좋아한다는데 정말 미치겠어." 자리에 없는 공무원을 언급했다. 나더러 경쟁자가 있으니 경계를 늦추지 말란 소리였지만, 연애대장인 나는 진정한 손님임을 곧바로 상기시킨다. "저기 저, 돼지껍딱이나 좀 썰어 올래? 그러면 내 대처 방법을 알려주지." 1985년의 이야기다.

그로부터 20여 년 전인 1964년 겨울이다. 서울의 한 포장마차에서 세 남자가 우연히 만난다. 육사를 지원했다 떨어져 구청 병사계에서 일하는 '나'와 대학원생인 '안'이 "안형, 파리를 사랑하십니까?" "김형, 꿈틀거리는 것을 사랑하십니까?" 따위 무의미한 얘기를 먼저 주고받고 있었다. 25살 동갑내기인 그 두 사람이 다른 술집으로 자리를 옮기자고 의기투합했을 때 서른 중반의 서적 외판원이 끼어든다. "미안하지만 제가 함께 가도 괜찮을까요? 제게 돈은 얼마 있습니다만……" 알고 보니 사내는 병으로 숨진 아내의 시신을 해부용으로 병원에 팔고는 죄책감에 괴로워하고 있었다. 사내가 병원에서 받은 돈 4,000원을 다 써버리자고 25살짜리들에게 제안 아닌 유혹을 한다. "어디로 갈까?" 셋은 말했지만 아무 데도 갈 데가 없다고 소설은 기술한다. 셋은 돈을 억지로 쓰려 돌아다니다가 문득 택시를 잡아타고 불자동차 뒤를 따라간다. 외판원은 남은 돈을 돌연 불난 집에 던져버린다. 그날 밤 한 여관을 잡아 각자 다른 방에 투숙한다. 다음 날 아침, 아내의 시신을 판 외판원 사내가 자살한 것을 나와 안은 안다. 두 사람은 여관을 급하게 빠져나와 기약 없이 헤어진다.

1964년에 무슨 일이 있었나. 한일조약에 반대해서 학생들이 시위에 앞장섰다. 박정희는 서울시 일원에 비상계엄을 선포해 시위대를 제압했다. 4·19가 열어놓은 민주주의를 군홧발로 짓밟은 군사정권 아래서 모든 것은 무위로 돌아가 버렸다. 그리하여 시민들에게 남은 것은 사소한 일상뿐. '서울 1964년 겨울' 포장마차에서 세 남자가 만날 수밖는 배경이다. 그들은 각자 포장마차에 와서 술을 더 마시겠다는 명분으로 함께 바깥으로 나섰지만, 그것이 세상을 개혁하는 일로는 연결될 리 없다. "어디로 갈까?" 셋은 말했지만 아무 데도 갈 데가 없다. 결국, 그들은 여관으로 갈 수밖에 없었는데, 시인 김수영이 노래했듯 혁명은 안 되고 방만 바꾸어버린 셈이었다.

베니어판으로 칸막이를 친 여관방을 아는가. 60년대뿐 아니라, 내가 간혹 숙박했던 70년대에도 얇은 베니어판으로 투숙객을 분리했다. 귓속말도 들릴 지경인데 오빠아아! 절박한 외침이 들려오기도 했던 옆방. 오빠라고 부른 공순이처럼 생긴 여자를 포함해서 투숙객 모두가 함께 사용한, 복도 끝의 변소. 그러나 그때를 경험한 사람 대부분 여관을 혐오하기보다 나른한 추억처럼 이야기를 한다.

김승옥은 전라도 순천 출신의 소설가다. 어쩌면 이방인이었기에 서울 사람보다 서울을 더 잘 들여다볼 수 있었는지 모른다. 그가 서울에 대해 언급한 이야기를 옮겨와 본다.

"서울에 대한 관심은 내 소설의 테마가 되었다. 서울이라는 도시처럼 작가로서 흥미로운 도시가 없다는 생각이었다."

덧글 : 십여 년 전, 미아리 포장마차 처녀와 종로 낙원상가

에서 우연히 마주쳤다. 첫눈에 알아봤지만 모른 체 좁은 길을 빠져나가려는데 뒤에서 부른다. 1985년처럼 바싹 다가든 그녀, 결혼해서 아들만 둘을 낳았고, 마포에서 소곱창집을 경영한다고 기어이 전한다. 남편은 그때 그 구청 공무원이란 소식과 더불어.

| 다니자키 준이치로의 음예예찬

　오늘에야 다니자키 준이치로의 소설을 겨우 한 편 읽었다. '문신'이라는 단편소설이었다. 단행본 제목도 문신이었는데, 내가 인왕산 둘레길을 걷다가 들른 청운문학도서관이 보유한 준이치로의 유일한 책이었다. 이상했다. 처음 읽는 책인데도 며칠 전에 읽다가 덮어버린 책의 페이지를 다시 연 듯 익숙한 문장들과 만났다. 기시감으로 다가오는 문체. 줄거리의 명료한 전개와는 달리 흐릿하게 느껴지는 이야기의 뒤끝. 무엇보다 내가 나를 읽는 느낌인 문장과 문장 사이의 호흡?

　내가 가장 읽고 싶은 그의 책은 '음예예찬'이다. 오늘 도서목록에 있었다면 사서에게 그걸 달라고 했을 것이다. 특별한 이유는 없다. 있다면, '음예(陰翳)'란 단어에 이끌려서다. 그밖에 달리 이유를 댈 수 없으니 '속절없다'고도 할 수 있다. 잠에서 깨어나 우연히 들은 음악을 종일토록 입에 읊조리듯이 언제부턴가 내 무의식에 스며든 두 글자, 한 단어다.

　음예란, 구름이 하늘을 덮어 어두운 시기를 일컫는다는 것이 사전에서의 풀이이다. 시인 원재훈은, 일본의 전통 건축을 음예로 설명한 작가라면서 1965년에 사망한 다니자키 준이치로를 소개했다. 눈길을 끄는 소개는 그다음부터다. '그는 된장국, 변소, 칠기, 일본인의 피부까지도 음예라는 말로 풀어냈다.' 사실은 나도 된장국에 드리운 그늘도 그림자도 아닌 거무스름한 색깔, 그 정체가 냉이 때문인지, 시래기 때문인지, 다른 무엇 때문인지 궁금했었다. 된장국에 가라앉은 두부의 중성적인 빛깔도 의혹을 불러온다. 그 두부를 건져 입에 넣었을 때의 식감은 왜 그리 가벼우면서도 허무한가.

　2월 중순이 지나면 음예예찬을 꼭 찾아서 읽겠다. 내용이 모호해도 상관없다. 불필요한 방향으로 의미가 확대된 문장도 그러려니 이해하겠다. 나쁜 아니라 옳고 그름만을 판단하느라 아름다움을 잃어버린 사람이 적지 않다. 이해보다는 대립이 더 익숙한 습관이 돼버렸다. 사람들이 사사건건 대립하는 건 어쩌면 습관 때문인지도 모른다. 관행에 안주하느라 개혁을

망친 사례가 얼마나 많은가. 상대를 패배시키려면 더 논리적이어야 한다는 강박 때문에 입술이 메마르기도 한다. 다니자키 준이치로의 글은 아마도 그러한 사람들에게 세계의 불확실성을 보여줌으로써 휴식을 주지 않을까.

| 뽕짝

뽕짝이 좋아지는 나이면 세상과 타협한 증거라고 한다. 라디오 프로그램에서 최주봉이 꺼낸 이 말은 그럴싸했다. 세상의 쓴맛 단맛을 어지간히 섭렵한 시기. 뽕짝이 좋아지기 전까지 정처럼 날카로웠던 감성은 쓴맛 단맛을 거치면서 무뎌진다. 뽕짝의 느린 템포와 리듬은 중년의 마모된 감성을 표현하는 것처럼 들린다.

낡은 궤도 위를 달리는 증기기관차 같았던 뽕짝이 그러나 달라진 지 오래다. 태진아의 '사랑은 아무나 하나'도 이난영이 부른 '목포의 눈물'에 짙게 깔린 애상을 생략한 채 속도의 세상을 질주했다. 그때 나는 의아했다. 어떠한 감상도 끼어들 여지가 없는 세상을 요즘 중년은 살고 있다는 뜻일까?

그런데 나훈아의 '테스 형'을 들어보고는 복병을 만난 기분이다. 무어라 정리할 수 없는 노래였다. 킹 크림슨의 에피타프나 레너드 코헨의 낸시와는 다른 차원의 이해를 내게 요구했다. 정말이지 이처럼 복잡한 감정으로 나를 몰아세운 노래는 처음이다. 사람들, 그중 지식인이라 여겼던 사람조차 나훈아를 상찬했다. 이런 사회 분위기를 대세라 여겨야 하나? 대세에 떠밀려 자칫 표현의 자유를 박탈당할 우려도 컸다. 테스 형 중반부를 듣는 순간 손이 오글거렸다고, 누구에게도 발설할 수 없었다. 클래식 동호회 사람들이 노래방에서 뽕짝을 부르는 까닭을 알 것도 같았다. 아니지, 내가 틀렸을까? 내가 뭔가를 놓치고 살아온 것이라면, 대관절 그게 뭘까?

┃ 태어나줘서 고맙다

생일은 태어난 날이다. 생일은 시간에 관한 개념이다. 생일은 태어난 시간을 숫자로 표시한 날이다. 그러므로 만일 시간을 숫자로 헤아리는 계산법이 없었더라면 생일도 없었을 것이다. 시간을 숫자로 표시하는 방법으로 해와 달을 선택한 건 너무나 당연한 이치이다. 해와 달처럼 사람의 시선을 동시에, 여러 각도에 서 모으는 물체란 이 세상에 없기 때문이다. 지구에 발붙이고 사는 삼색인종이 해와 달을 바라보거니와, 눈 달린 동물이 모두 해와 달을 바라보고, 설령 눈이 없어 해와 달을 바라보지 못하는 식물이나 미생물일지라도 그 영향력을 몸으로 감지하고 산다.

내 생일은 음력으로 4월 1일이다. 달이 차고지는 주기로 날짜를 정하는 음력은 서양문물이 만연한 시기에도 유효했던 모양이다. 양력을 역법(曆法)으로 수입하여 황제의 령으로 선포한 때가 1895년이므로, 내가 태어난 1958년과는 무려 63년의 시차지만 아버지께서 음력을 적용하여 동사무소에 내 출생을 신고한 거로 봐도 그러하다. 해와 달이 서로 다르듯 그때부터 나는 음력 생일을 양력으로 환산해야 하는 혼돈을 겪기 시작했다. 해마다 스스로 내 생일을 집어낸 적이 거의 없다. 양력과 음력의 계산법은 해와 달을 오가면서 풀기 어려운 수학 공식을 대하는 느낌이었다. 어머니와 아내의 관심이 없었더라면 나는, 내가 태어난 날을 대부분 잊고 살아왔을 것이다.

매년 그렇게 생일이 왔다. 이번에도 내가 모르는 날짜를 어머니와 아내가 예의 며칠 전부터 환기시키면서 생일은 다가오고 있었다. 이번에는 양력으로 4월 28일이 내 생일이었다.

나만 그런지 모르겠으나 점점 생일이 초라해지는 것 같다. 많은 사람을 불러 모아 생일을 치르는 경우가 드물어지면서 생일 밥상의 넓이도 줄어드는 느낌이다. 막역지우라고 해도 서로의 생일을 모르는 경우가 허다하지 않은가. 내가 친구의 생일을 모르니, 친구가 내 생일을 기억하지 못한다고 서운할 게 없는 세상이 돼버렸다. 어느 해 내 생일 때, 생일상을 둘러앉은 사람의 면면을 보니까 정작 그 자리에 앉아있어야 할 사람이 하나도 보이지 않았다. 해와 달 사이에 나 홀로인 듯 쓸쓸했다. 주변에 사람이 는다고 해서 생일상이 넓어지고 찬란해지지 않는단 사실을 그때 처음 알았다.

때때로 군중 속의 고독을 실증하는 날이 생일 아닐까 하는 묘한 생각에 빠져든다. 사람과 사람을 연결하는 커뮤니티가 날로 다양해지는 세상이지만 고독이 오히려 깊어지는 기분인 건 무슨 까닭일까. 커뮤니티만 남고 사람은 사라지는 느낌이다.

어제 내가 친구들에게 핸드폰 문자를 보낸 까닭은 사람과 커뮤니티가 상생해야 한다는 다소 엉뚱한 발상에서였다. 거의 백 개 넘는 문자를 보냈다. 그리고 잠시 후, 지금껏 내 생에서 가장 감동 어린 생일축하 회신이 액정으로 떠올랐다.

"이 세상에 태어나 줘서 고맙다."

"곧 설이 오는데요. 어머니가 작년 설 오랜 투병 끝에 돌아가셨어요. 이모가 말씀하시길, 돌아가시고 첫 설이기에 엄마가 밥 먹으러 올 거라 하시네요. 이모가 해도 되지만 딸인 네가 해주는 밥이 더 좋지 않겠냐, 하셔서 저 혼자 작지만 형편에 맞게 성의껏 준비해보려 합니다."

설날에 어머니를 보냈다는 딸이 쓴 글이다. 안쓰럽다. 주변에 누가 없는지 딸은 차례 지낼 일을 걱정하면서 인터넷에 묻는다.

"영정사진 앞에 간소하게 차려 놓고 마음속으로 기도드리려 해요. 블로그에서 많은 차례상 상차림을 보았는데 그렇게는 못 차려도 괜찮을까요?"

여기에 누군가가 답한다. 물론 익명으로 쓴 글이다.

"옛 문헌에, 제사는 있고 없는 것을 가려 형편에 맞게 지내라, 하였습니다. 간소하게 차려도 됩니다."

문헌이 구체적으로 무엇인지 밝히지 않았다. 또 '간소하게' 차려도 괜찮다는 말도 기준이 모호하고 다분히 주관이거니와 이미 오래전부터 그렇게들 차례를 지내오고 있다. 그러나 설날에 어머니를 보내고 홀로 남은 딸은 익명자의 답글에 다소라도 위안을 얻지 않았을까.

4촌, 3촌이라는 인척 관계가 점차 희미해져서 1촌만을 가까스로 유지하거나 가족 없이 홀로 사는 사람이 느는 요즘이다. 때문에 명절이면 누구에게든 위로받아야 할 사람이 적지 않을 것이다. 우리가 살아온 그 어느 때보다도 타인과 위로를 주고받아야 할 시대이다.

위로하고 위로받고……. 위로 속에서 사는, 위로의 일반화를 생각하지 않을 수 없다. 이번 설날에는 누구를 위로해줄 수 있을지 한번쯤 생각해볼 일이다.

▎넌 너무 말이 많아

정말 말이 많은 세상이다. 페이스북과 트위터가 등장하면서 말의 경연장은 목하 성업 중이다. 여기, 신문사나 잡지사, 대학 교단에서 활약하다 구구한 사정으로 퇴출된 과거의 논객들이 합류하면서부터는 말이 경마장 말처럼 말을 앞지르기 시작했다. 우리시대의 대표 논객이라는 진중권의 뾰족한 입은 활촉처럼 날카로운 말을 쏟아붓는 데 특화된 것처럼 보인다. 어서 상처받으라는듯 남을 비웃는 거 하나는 타의 추종을 불허한다. 다른 입들도 지금 이 순간, 나름 개성적인 악담을 준비하고 있을 것이다. 입 모양을 보면서 그 사람이 어떤 말을 꺼낼지 예측하는 건 나만의 타심통일까.

말에는 여러 얼굴이 있다. 말이 본연의 임무에 충실하여 사람과 사람을 잇는 중개인 역할을 잘하면 우리는 그걸 대화라고 부른다. 한편 중개인을 통한 의사소통을 사절하고 혼자 있기를 고집하면 침묵과 독백이 끼어든다.

대화보다 훨씬 많은 의미를 내포하는 침묵이 있다. 대화보다 사람의 내면을 심층적으로 드러내는 독백도 있다. 침묵은 금이라는 속담에 고개를 주억거리지만, 말하고 싶은 충동을 제어하기란 여간 어렵지 않다, 말하고 싶다! 깃털처럼 간지러운 충동을 나를 포함해서 누군들 참을 수 있겠는가.

2008년, 잘 못 소통된 말에 대한 보고서가 있었다. 아니 소통의 문제라기보다 근거 있는 사실이 약간의 허구로 부풀려지면서 파생한 비극의 영상기록이라고 여겨야 할지도 모르겠다. 기록은 책임의 소재를 보다 객관적으로 요구한다. 무엇보다 근거 제공자들에게 책임을 묻는다. 하지만

당사자들이 전혀 다른 방식으로 세상과 대면하고자 열망할 때, 말이란 그 진화과정인 소문을 거치면서 종종 굴절되기 마련이다. 소문의 안개 속에서 당사자들은 서로 책임을 전가한다. 회색빛 복수심이 무럭무럭 괴어오르기도 한다. '올드 보이'란 영화는 방향도 계통도 없이 지상에 떠다니는 안개, 그 속에서 실루엣처럼 벌어진 흉흉한 잔혹극었다.

해결책은 없다. 영화는 출구 없음의 고통을 관객과 분담하려는 듯 보인다. 그런 의도는 누군가, 아마도 영화 제작의 중심인물인 감독에 의해 다분히 숨은 계산으로 깔려있음 직하다. 영화감독 박찬욱이 올드 보이를 통해 드러내고자 하는 복수란 어떤 개념일까? 만일 그가, 한번 기록된 건 무엇과도 바꿀 수 없다는 극단적 견해의 소유자라면, 올드 보이란 영화는 기록에 대한 절망 표현이거나 절망을 함께 즐기자는 색다른 제안이리라. 대관절 그는 어떤 사람이기에 심판 가운데 가장 저열한 방법인 복수를 선택했을까. 복수를 상상했다가 실행하지 못한 사람들을 위로하기 위해 그가 어쩌면 이 영화를 만들었을지도 모른단 의구심마저 든다. 글쟁이인 나란 사람도 비딱하게 세상을 보아온 사람이긴 하지만 올드 보이의 감독만큼은 아니다. 이 사람 박찬욱은 정말, 노무현 전 대통령의 표현을 빌자면, 막가자는 것인가?

말 많은 사람이 어찌 최민식뿐이겠는가. 나도 말께나 많은 사람이다. 그러나 최민식처럼 처절하게 복수를 당하지는 않았다. 나도 유지태처럼 과거에 연연한 사람이다. 그러나 그토록 기이하고도 변태적으로 복수한 적은 없었다. 벼락 맞은 나뭇가지와도 같은 머리카락으로 망치를 휘두르는 모습을 상상하지도 않았고, 고층빌딩의 통유리창 곁에서 물구나무서기로 눈물을 흘린 적도 없었으므로.

"넌 너무 말이 많아!"

불륜을 목격하고 그 사실을 유포한 죄명으로 15년 감금. 유지태가 최민식에게 가한 복수이다. 그 심판의 장면이 나로선 생소했지만, 돈을 받고 누군가를 꾸준히 감금시키는, 일종의 청부업이 있다는 얘기를 어디선가 들어본 것도 같다. 감금 장소가 도시 중심가에 뻐젓이 위치한 건물만 아니었더라면, 이 영화의 모티브가 일본의 만화란 사실에도 불구하고 좀 더 그럴싸했으리라. 관공서에서 방역이나 화재점검 등등 명목으로 나온다면 어쩌겠냐는 우려도 영화란 어차피 허구라는 등식을 가로막지는 못하리라. 다만 딸과의 근친상간을 유도한, 희대의 엽기적 복수만큼은 오래도록 논란거리로 남을 것이다.

상상을 초월하는 잔혹극을 꾸민 박찬욱 감독도 이 대목에 이르러선 주춤거린다. 모든 악덕을 희화화(戱畵化)하는데 이바지해온 최면을 마지막 장면으로 도입하면서 도덕성 비난의 창 끝을 비켜선다. 만사형통이던 이제까지와는 달리 뉴질랜드에서의 최면은 효력을 상실한다. 눈 덮힌 들판에서의 최면을 눈부신 햇살이 반사해선가? 아니면, 세상에 더는 존재하지 않을 모든 끔찍한 복수를 체험한 사내는 최면마저 통하지 않을 좀비나 강시로 변신해버려선가?

한 세기 전의 소설가 카프카의 전언이 올드 보이를 관람하는 내내 나를 간섭했다. 사소한 죄목과 경악스런 형벌의 가공할 불균형에서 누구도 자유로울 수 없다.

| 클린트 이스트우드 닮고 싶다

할리우드 여배우 킴 베이신저가 말했단다.

"남자는 늙어서도 간혹 클린트 이스트우드가 되는 경우가 있지만, 여자는 단지 늙을 뿐이다."

그 자신 여자면서 여자를 냉소하니 자조적이랄 수밖에 없는 말이지만, 오! 이 얼마나 요즘 보기 드문 남자 찬양인가. 모계 사회로 가고 있는 것도 아니고 이미 모계사회라는 요즘 말이다. 나도 얼른 클린트 이스트우드가 돼야지!

그러나 늙음에 어찌 남녀를 구별할 수 있겠는가. 늙음이 남녀를 망라한다는 건 불변하는 진리다. 우리가 늙어간다는 것은 조금씩 죽어간다는 뜻이고, 늙음을 거부할 수 없듯이 죽음 또한 거부할 수 없다.

그러나 내가 주목하는 것은 늙음이 아니라 클린트 이스트우드라는 늙은 남자이다. 킴 베이신저 또한 여자를 격하하기보다 클린트 이스트우드를 가리키고 싶었을 것이다.

거울 앞에 선다. 입술을 옆으로 돌려 어금니를 살핀다. 언제부턴가 내겐 인프런트를 살펴보는 버릇이 생겼다. 늙는 걸 끔찍하게 생각했던 적이 내게도 있었지만, 어느새 무덤덤한 표정으로 거울 앞에 서 있다. 한때 나는 걱정했었다. 잠들기 전에 틀니를 뽑아 머리맡에 두는 일을 일상으로 받아들여 할 날이 내게도 오려나? 물론 인프런트를 상용하기 이전이다.

늙음은 몸 구석구석에 분포한 세포들이 퇴화하거나 활동을 중지하는 데서 온다. 몸을 이루는 구성체들이 하나씩 이탈하는 과정인 것이다. 이건 정말이지 희망적이지 않을뿐더러 내 의지와도 상관없다. 빠진 이빨을 번들번들한 인프런트로 갈아 끼웠다고 늙음이 사라지지는 않는다는 사실을 나는 잘 알고 있다.

내가 늙음보다 더욱 끔찍하게 여기는 건 망각이다. 인프런트가 잇몸에 자리 잡아 음식을 자기 의지대로 으깰 수 있다고 다시 젊어지지는 않기다. 인프런트 때문에 내가 늙는다는 걸 망각할까 봐 두렵다. 망각도 기억세포의 작동이 원활치 못한 데서 온다. 여자는 자기 얼굴이 가장 아름다워 보일 때 거울을 깬다고 하지? 거울을 깨고 싶기는 남자인 나도 마찬가지이다. 추억이 지워지듯 점점 무표정하게 변해가는 내 얼굴이 싫다.

젊은 클린트 이스트우드는 얼마나 멋지게 담배를 물었던가. 사리판단을 요구할 때 눈매는 활처럼 휘어졌고, 이쪽에서 저쪽으로 걸을 때 그의 긴 허리는 능청스러움을 한껏 발산했다. 물론 그의 수많은 매력 가운데 일부분이었다. 그런 그도 다른 늙은 남자와 마찬가지로 주름살이 깊어지고 머리숱이 적어진 지 오래다. 그러나 이스트우드는 늙어서도 다른 남자에게서 찾아보기 어려운 매력을 지녔다. 꿈에서 깨어나지 않으려는 호기심, 소년의 힘이다. 그는 끈질기게 희망을 품는 소년이다. 더는 청춘을 연기할 수 없는 외모였을 때 그는 포기하지 않고 과감하게 늙음을 연기했다. 역설적이지만 그는 늙음을 연기하면서 더욱 젊어졌다. '메디슨카운티의 다리', '용서받지 못한 자', '노인을 위한 나라는 없다'를 비롯해서 최근의 영화 '라스트 미션'이 그것.

클린트 이스트우드보다 덜 늙었지만 나 또한 계속 늙어가고 있다. 나의 늙음은 그의 늙음에 비교하기 어려울 정도로 영세하다. 나의 젊음도 그의 젊음에 비교하기 미안할 정도로 얼굴

을 구성하는 이목구비부터 열악했다. 그를 닮기란 영원히 불
가능하겠지만, 그와 함께 늙어가면서 변함없이 그를 동경하
는 것이 나의 위안이다. 그가 간직한 소년의 힘을 조금이라도
얻어낼 수만 있다면 얼마나 좋을까. 망각에 대항하는 강력한
항체인 소년의 힘을 내게 이식하고서 주문을 외우고 싶다. 자
라거라, 자라거라(Let It Grow, Let It Grow……)

소격동 가옥

PART 4

광화문으로 가는 일곱 갈래 길
(실화소설)

"나는 학도호국단장 한교훈이다."

우리는 그의 위용에 눌려 죄지은 자처럼 눈을 내리깔아야 했다. 교실이 어항 속에 빠져버렸다. 교실에 놓인 화분조차 이파리가 시들해졌다. 산소마스크도 없이 학생들은 교실에서 숨 가쁘게 적막한 시간을 견뎌내야 했다.

- 본문 중에서.

광화문으로 가는 일곱 갈래 길

"빨갱이 문재인은 천운을 타고났어."

"그렇지. 코로나가 아니었던들 그가 지난 총선에서 압승할 수 있었겠어?"

"코로나 핑계로 집회도 못 하게 하잖아. 코로나를 정쟁에 이용하는 거지."

"지난 선거 때 세상을 뒤집어야 했는데, 제기랄 코로나!"

두 노인이 투덜거렸다. 경찰의 저지선을 뚫지 못한 그들은 길가에 주저앉아 코로나19와 문재인 정권을 번갈아 성토했다. 내가 사는 종로에서 이런 얘기를 듣기란 그리 어렵지 않다.

코로나 펜데믹, 누가 예상이나 했겠나. 모든 집회를 원천봉쇄하는 결정적 명분을 우환 발 코로나바이러스가 제공했다. 어떤 대책도 없다. 마스크를 쓰고 사회적 거리두기에 충실하며 '언택트 시대'에 적응하는 수밖에. 코로나 백신과 치료제에 희망을 걸어봤자 별 소용이 없어 보인다. 코로나 이전으로 돌아가지 말아야 한다고 소설가 김훈은 주장했다. 이제야말로 세상이 달라져야 한다고 사람들은 입을 모은다.

그러나 언젠들 세상이 달라지기를 소망하지 않았나. 코로나가 유행하기 전 나는 원서동에 살았다. 광화문에서 가깝다 보니 주말이면 꼬박 태극기부대의 함성이 들려온다. 물론 몇 년 전에는 촛불시민들로 아우성이었다. 동네 사람들은 지금이나 그때나 속수무책이다. 주로 저녁 식사 때 크게 들려와서 소화기관을 거북하게 한다. 이상하게 그 소리는 만성이 되어 무감각해지지도 않는다. 불편하기 짝이 없지만 감수해야 하는 자연현상과도 같았다. 하나뿐인 코와 입을 마스크로 가리고 미세먼지로 가득 찬 거리로 나서는 심정이랄까. 아니, 이제는 눈에 보이지도 않는 바이러스 때문에 마스크를 써야 한다. 미세먼지가 세상을 지배했을 때보다 훨씬 불안하게 거리를 걸어야 한다. 덕분에, 눈에 보이는 게 전부가 아님을 확실히 깨달았다.

촛불시민이 모여 촛불혁명을 이뤄냈다. 박근혜 대통령 탄핵이 헌법재판소를 통과했고, 선거를 통해 정권을 교체했으므로 충분히 정당한 혁명이라 여길 수 있다. 하지만 혁명 후에 무엇이 달라졌는지 누구 한번 자신 있게 말해보라. 얼굴만 바뀌었지 혁명 이전의 집권세력과 질적으로 달라진 게 없어 보인다. 국회의원의 세비는 꾸준히 오르고, 인사청문회에 나온 장관 후보자는 위장전입, 교육의 불평등한 세습, 논문표절, 부의 사재기 논란에 번번이 휩싸인다. 무엇보다 혁명 이후에도 여전히 광화문은 소용돌이치고 있다.

촛불시민에서 태극기부대로 이름만 바뀌었을 뿐이다. 그렇지 않고서야 혁명 세력인 문재인 정권이 추구하는 정책이 이토록 미지근할 수는 없지 않은가. 결국 혁명은 아니었다. 태극기부대가 주장하는 가짜 촛불까지는 아니더라도 보수 정권에서 약간 진보적인 정권으로 바뀐 데 불과하다고 말하고 싶다. 촛불혁명은 촛불에 참여한 소수자의 과도한 기대거나 촛불로 집권한 이 정권의 성급한 표현이었음이 틀림없다.

혁명적 변화에 이르지 않았지만, 최저임금제라든가 탈원전을 표방함으로써 진보를 추구하는 방향으로 정책이 바뀐 건 사실이다. 경찰의 공권력 자제도 눈에 띄는 변화이다. 지난 정권처럼 차 벽을 세우거나 물대포를 쏘는 광경을 한 번도 보지 못했으니 말이다. 그런 가운데 법무부장관을 사실상 퇴진시키고도 모자라 청와대까지 압수수색하는 검찰이야말로 혁명에 가까운 변화를 보이고 있다. 다만, 그 실체가 모호하다. 검찰이 자신들 이익을 방어하려고 공격하는 거라고 의심하는 사람이 적지 않다. 조국 딸이 받은 장학금 600만 원을 뇌물로 단정한, 검찰 초유의 엄정하고도 괄목할 만한 구속영장 청구에도 불구에도. 가장 놀라운 변화는 역시 태극기부대에서 생겼다.

처음에는 몇 달이면 주저앉을 것 같았다. 왜 하필 태극기를 들고나왔냐고 조롱했고, 국기에 대한 모독이라고도 했다. 박근혜 탄핵 때 안국동 헌법재판소 앞에서 그들은 태극기를 손수건 자락처럼 부여잡고 울부짖었다. 다른 때보다 애도 기간이 길 것이라고 예상했지만, 장장 3년이 넘도록 이어지리라고는 아무도 몰랐을 것이다. 이제 그들의 태극기를 아무도 낯설어하지 않는다. 태극기와 더불어 성조기와 이스라엘 국기도 어느새 어울리는 한 쌍인 양 눈에 익어버렸다.

함성은 좀처럼 잦아들지 않았다. 카랑카랑한 목소리가 마이크를 찢고 서울의 공기를 찢는다. 비바람이 불고 눈보라가 쳐도 행진을 멈추지 않았다. 주말, 광화문은 세종문화회관이나 교보문고가 있는 문화의 거리라는 말이 무색할 만큼 광포한 태극기부대에 지배당했다. 마치 임오군란을 눈앞에 보는 느낌이었다. 민비가 장호원으로 도망쳐 서울이 진공 상태에 빠졌을 때 광화문 거리를 휩쓸고 다닌 조선 말 구식군대처럼 태극기부대는 거침이 없었다. 그들은 찻길을 막았고 거리로 난 창문을 꼭꼭 닫아버리게 했다. 교보문고가 있는 빌딩 지하에 가면 책을 사러 온 시민들이 피난민처럼 어두워 보였다. 태극기와 성조기를 든 점령군에게 지상을 빼앗긴 그들은 항전을 포기하고 무기력하게도 책을 읽고만 있었다.

고도성장을 통한 중산층 진입이 허구임을 진작 알았다. 겪어보니 빈부격차만 커졌다. 기회는 평등하고 과정은 공정하리란 약속도 구호에 그칠 전망이다. 부동산 가격만 잔뜩 치솟았다. 이건 아니잖아. 적폐청산을 내세우더니 고작 이거야? 추운 겨울에 거리로 나가 촛불을 들었던 사람들 중 일부는 벌써 회의에 빠졌는지도 모른다. 나로 말하자면 남들보다 조금 일찍 회의에 빠지는 부류이다. 문단속에 철저한 편인데도 혼자 거주하는 내 방에는 어디서 날아왔는지 뿌옇게 먼지가 내려앉는다. 희망이 보이지 않는다고 방안에서 나는 중얼거렸다.

바깥에서는 희망이 보이지 않느냐고 외치고 있다. 절대악 타도만이 세상을 바꿀 수 있다고 했다. 빨갱이들을 몰아내자! 문재인을 탄핵하라! 거리로 쏟아져나온 노인들은 악을 썼다. 과거 정권에 수없이 속았으면서도 그들의 희망에는 여전히 새파랗게 날이 서 있었다.

그들이 궁금했다. 나는 읽던 책을 덮고 책상 위로 난, 이웃집 담에 반이 잘린 창문을 바라보았다. 나머지 반, 겨우 햇빛이 드는 먼지 낀 유리창에 산동네 골목길이 흐른다. 고개를 틀어 골목길을 따라가면 계동 현대사옥을 비롯해서 빼곡히 들어선 고층빌딩들이 보이고, 그 너머, 이제는 미세먼지 속에 숨어 있는 날이 많은 남산탑이 보인다.

원서동, 이 동네는 북촌의 뒷면 같은 동네다. 북촌에 오는 사람들, 특히 한옥마을을 찾아오는 관광객들은 영화 자막을 보듯이 앞만 보고 뒤는 생각하지 않는다. 세월이 지나면 앞에서 본 솟을대문이라든지 드높은 기와지붕만 기억하고 그 외에는 가물가물해질 것이다. 나 역시 서울에 60년 넘게 살면서도 아직 보지 못한 곳이 많다. 아니, 어쩌면 화려한 것에 눈이 팔려서 기억이 나지 않을 뿐인지도 모른다. 나이 들어 그런 곳을 찾아 골목길을 헤매다 어느 모퉁이를 지나 원서동 산동네를 만났다. 내 삶이 불가피하게도 1톤짜리 이삿짐 한 대 분량으로 정리되었기에 가능한 일이기도 했다. 아직도 전깃줄이 하늘을 가로지르고, 빨래하는 소리가 낮은 담장을 넘어오는 누추한 동네지만, 문득 발아래를 내려다보면 창덕궁 돌담이 길게 이어지며 고졸하고도 쓸쓸한 분위기를 풍겨온다. 시내 한가운데 있으면서 으슥한 곳을 집필실로 물색하던 내게 그 이상은 없었다. 적당히 숨어 있다가 때가 되면 사람이 북적거리는 거리로 외출하기에도 좋았다.

그러나 글은 써지지 않고 먼지만 쌓였다. 먼지와 더불어 바깥에서 희망을 다그치는 소리가 벽을 뚫고 들어온다. 먼지와 더불어 그들의 존재는 점점 외면할 수 없는 현실로 다가오고 있다. 그런데도 어떤 사람은 그들을 깡그리 무시하려고 애쓴다. 광화문이 가까운데도 아주 잠깐 구경삼아라도 그들을 대면하러 나가지 않은 나 같은 사람 말이다. 내가 옳거나 그들보다 나은 존재라는 확신은 대관절 어디서 기인할까. 나는 왜 그들에 대한 선입견이 잘못일지 모른다는 생각을 단 한 번도 하지 않았을까.

마침내 책상에서 일어나 방문을 열었다. 도대체 태극기부대가 어떤 자들로 구성된 집단인지 궁금했다. 아무리 귀를 닫고 살지만 3년째 광화문 일대가 난장판인데 어찌 숨만 쉬고 있겠는가. 그리하여 몇 차례 광화문에 다녀온 나는 한국 사회를 잠식하는 거대악에 경악하지 않을 수 없었다. 첫 나들이는 2019년 유월이었다. 넝쿨장미가 이웃집 시멘트 담장을 붉게 물들이고 있었다.

.

｜ 고독하지만 파란색으로 칠한 대문

그 집은 하필 내가 세 들어 사는 언덕배기 집과 골목길을 사이에 두고 맞은편에 있었다. 우중충한 시멘트 블록 담과 더러운 창문만을 보면 사람이 살지 않으리란 생각이 들 정도로 낡은 집이었다. 그러나 대문에 눈길이 가면 성급한 생각이었음을 깨닫게 된다. 누가 페인트칠을 했는지 대문 색깔이 날아갈 듯 푸르렀다.

태극기부대를 구경하러 집을 나섰을 때도 예의 파란색의 간섭을 받았다. 노인이 죽은 뒤로는 아무도 거주하지 않는지 대문이 넝쿨로 덮이기 시작하고, 대문 앞 짧은 돌계단에는 녹빛 이끼가 돌았다.

대문이 열리고 한 노인의 시신이 하얀 호청에 씌어 들것에 실려 나온 것이 작년 여름이었나. 죽은 지 보름이 지났다지 뭐야. 이상하게 자꾸 생선 썩는 쿰쿰한 냄새가 나더라고. 시체 썩는 냄샌 줄 생각이나 했겠어…… 이웃에 사는 아줌마 몇이 폴리스라인 가까이서 손으로 입을 가린 채 수군거렸다. 이따금 더운 바람에 묻혀 어디선가 악취가 풍겨오곤 했다. 처음에는 오래된 하수구에서 올라오는 냄새인 줄 알았더니 그게 아니었다. 시신을 태운 병원차가 떠나자마자 특수청소차가 도착했다. 흰 방호복에 소독통을 짊어진 사람들이 차에서 내리더니 일주일이 넘도록 집안을 들락거렸다.

아파트가 들어설 수 없는 개발제한구역인 원서동에는 거주자가 그리 많지 않다. 1년쯤 살다 보니 동네 구조와 구성원이 드론으로 찍은 사진처럼 훤히 내려다보인다. 대부분 월세를 내는 세입자였다. 세대수가 적다 보니 시골 마을처럼 이웃집 사정을 어대강은 안다. 푸른대문집 노인은 원주민에 속했고, 바로 그 때문에 오히려 그를 아는 사람이 전무했다. 북촌이 주목받으면서 땅값이 오르자 원주민들은 이때다 싶어 누옥을 팔고 아파트로 이사 갔다. 누옥을 매입한 외부 사람들은 계획대로 원룸형 다세대주택이나 한옥 게스트하우스를 지었다. 월세를 챙기는 집주인인 그들은 대부분 강남에 살면서 북촌에 집을 두 채 이상은 보유한 임대업자였다. 동네에서 노인의 이름을 제대로 아는 사람은, 내가 아는 바로는, 단 한 사람도 없었다. 물론 여든 살이 훨씬 넘은 그가 무엇으로 생계를 꾸려가는지 다들 궁금해했다. 무슨 근거에선지 노인의 과거 직업이 우편배달부라는 말이 돌기도 했다. 북촌에 30평 가까운 집을 보유했으니 먹고사는 건 별문제 없으리라고도 했다. 다만 부인과 오래전에 사별했으며, 불행히도 자식이 하나도 없는 독거노인이라는 데는 이견이 없었다. 신기하게도 다들 그 말을 믿었다. 누구 입에서 나왔기에 그 말을 믿는지 따져보는 사람이라곤 없었다.

이따금 노인이 배낭을 메고 집을 나서는 것을 볼 수 있었다. 돌아올 때면 식자재와 생활필수품을 잔뜩 담았는지 배낭이 불룩했는데, 두 다리만으로 그 무게를 감당하기 버거운지 등산용 지팡이를 짚고 다녔다. 중풍이 심한지 두 발도, 두 발에 중심을 잡느라 짚은 지팡이도 매번 덜덜거렸다. 나도 그랬지만 그토록 힘겹게 언덕을 오르는 노인을 사람들은 도와주고 싶어 했다. 그러나 쉬이 엄두가 나지 않았다. 우선 그는 늘 챙이 넓은 모자와 깃이 높은 웃옷을 착용했고, 미세먼지가 없는 날에도 마스크로 입을 가리고 다녔다. 자세히 보면 백반증임이 분명한 얼룩얼룩한 얼굴색도 그에게 다가가기 어려운 요인의 하나였다. 용기를 내어 그에게 다가가 도와줄까요? 의사를 표명하는 사람이 더러 있었고, 더 용감한 사람은 의사를 묻지도 않고 함부로 배낭을 끌어 내리려고 애썼다. 그때 그는 강하게 손사래를 치며 전혀 알아들을 수 없는 말들을 웅얼거렸다. 그리고는 두 다리와 지팡이뿐 아니라 몸 전체를 덜덜거리며 위태로이 자리를 떴다.

　그렇게 어렵사리 언덕을 올라야만 그는 평화를 얻어낼 수 있었다. 안타깝게도 식자재와 생활필수품이 떨어지면 다시 고행길에 나서야 했지만, 관찰컨대 노인의 집 대문은, 평균 일주일 정도는 세상의 관심에서 멀어진 채 눈부시게 파랬다.

┃ 양양가를 부르는 사람들

　"우리 박근혜 대통령께서 어찌 억울하지 않겠습니까. 대한민국을 종북 주사파 세력이 공산화하고 있어요. 경제를 엉망으로 만든 문재인 글마가 주범입니다."

　한 남자가 유세차량 무대에서 소리쳤다. 오랜만에 미세먼지가 걷힌 날씨 덕분인지 이어폰을 끼고 듣는 소리처럼 또렷했다. 지금 우리공화당으로 부르는 대한애국당 대표 조원진이었다.

　조원진의 연설을 들으며 등산복 차림에 태극기를 배낭에 꽂은 사람들이 환호했다. 스마트폰을 치켜들어 사진을 찍었고, 북이나 징을 쳐서 흥을 돋우는 사람도 있었다. 군복 입은 노인들의 얼룩무늬가 논산훈련소에서 신병들에게 지급한 보급품인 양 선명했다. 제대한 지 오래인데도 모자며 어깨며 가슴에 주렁주렁 달린 계급장들이 우스꽝스러웠지만, 얼굴만큼은 임무 수행 중인 전사들인 양 결연한 표정을 짓고 있었다. 한켠에서 기수를 앞세우고 대오를 갖춰 서 있는 무리도 보였다. 곧 청와대를 향해 행진할 태세였다.

2016년 초겨울 촛불집회를 처음 보았을 때는 질서라 할 구석이라곤 없었다. 집에서 텔레비전을 보다가 화가 나서 거리로 뛰쳐나온 사람들이었다. 골목에서 골목으로, 골목에서 한길로 쏟아져 나왔다. 모두가 평상복 차림이었고 남녀노소가 따로 없었다. 유모차를 끌고 나온 젊은 부부도 보였다. 내가 참여했을 때 날씨는 지구의 종말이 다가오는 것처럼 음울했다. 그때만 해도 손에 촛불을 든 사람이란 아무도 없었다. 하늘에 잔뜩 구름이 껴서 머리에 닿을 듯 낮았는데, 사람들은 다만 맨주먹으로 청와대를 향해 몰려갔다. 청와대와의 거리를 좁히지 못해 창경궁 앞에까지 사람들이 밀려 있었다. 이런 걸 대세가 기울었다고 하나 보다. 단 한 번 시위에 참여했지만, 그때

나는 박근혜 정권이 무너지리라 충분히 예감할 수 있었다.

"박근혜를 석방하라. 왜 우리 죄 없는 대통령님께서 감옥에 있나. 너거 빨갱이들이 대신 들어가야지."

쇠를 긁어대는 억센 경상도 사투리가 지치지도 않는다. 지지자들의 거친 숨소리가 내게 와 닿았다. 머리에 붉은 띠를 두른 여자들이 다디단 믹스커피를 타주면서 처음 보는 나를 환영했다. 한 사람이라도 더 시위에 끌어 들여야 한다는 사명감으로 무장된 태도였다.

태극기와 성조기 물결에 휩쓸리다가 인천에서 왔다는 중년 남자와 우연히 얘기를 나눴다. 작고 깡마른 오십 초반인데 눈이 빛나고 말투가 거침없었다.

"어디 사세요?"

"요 앞 원서동이요."

"좋겠네요. 난 멀리 인천 작전동에서 왔어요."

"열기가 어마어마하네요. 박근혜 대통령 탄핵 때는 어땠는지 궁금하네요."

"탄핵 전까지는 시위하다 남의 발을 밟아도 밟힌 쪽에서 먼저 미안하다고 했지요. 탄핵 날엔 눈빛부터 달라져서 살기가 등등했어요. 남의 발 밟았다간 죽음이었지요."

헌법재판소 앞이 울음바다로 변했다고 전한다. 그는 경상남도 창녕 출신으로 인천에 정착해 살고 있었다. 건설 하청업체를 따라다니는 페인트공인 그는 묻지도 않았는데 정철성이라고 이름을 밝혔다.

"그럼, 박근혜 대통령하고 최순실 관계를 믿지 않으시겠네."

"십 원짜리 한 개 드시지 않은 대통령을 최순실과 경제공동체라면서 뇌물죄로 엮었지요. 박근혜 대통령이 4개 국어를 하시는 분예요. 뭐가 아쉬워 최순실한테 기대시겠어요? 잡범 취급당하는 철의 여인 박 대통령을 감옥에서 구출해내야 합니다."

"헌법재판소에서 국가를 망쳤다고 판결이 났잖아요."

"헌법재판관 이정미가 머리에 부릿지 2개 꽂고 나왔잖아요. 그거 문재인한테 8:0으로 탄핵 결의했다는 신호예요. 재판관 한 놈당 200억씩 받아 처묵었지요."

"전 오늘 첨 나왔는데 노인분들이 대다수네요."

"젊은 애들은 초등학교 때부터 김일성 사상을 교육받아서 그래요. 전교조가 그리 만들었지요. 태극기가 바람에 휘날립니다, 이 노래 초등학교 교과서에서 사라진 거 모르세요? 전교조를 비롯한 주사파들이 인터넷 블로그고 카페고 유튜브고

설치고 다녀서 우린 발붙일 데가 없어요."

사실이고 아니고는 그리 중요하지 않다. 사실이 아님이 밝혀졌음에도 끊임없이 자기주장을 내세우는데 타인보다는 자기가 먼저 세뇌당하는 것이 극우파의 특징이라고 어디선가 들은 기억이 났다. 묘하게도 그런 왜곡이 사실이 전달되는 속도보다 빠르게 대중 속으로 파고든다고 했다. 정칠성 씨는 나와 얘기하면서도 주변 사람들과 부지런히 인사를 나눴다. 시위하다가 가까워진 사이라고 했다. 시위가 없는 날이면 서로 전화를 주고받기도 한다는 것이었다.

시위대가 청와대 방향으로 움직였다. 스피커를 단 소형버스가 앞장섰다. 나는 자연스레 정칠성 일행을 따라다녔다. 일행은 뜻밖에도 조갑제 같은 보수우파를 싸잡아 욕하기도 했다. 조갑제는 우파 논객인 양 책을 써서 돈벌이에만 급급하다고 비난했다. 황교안을 욕하는 사람도 있었다.

"황교안은 공안검사로 부를 정도로 반공주의자인데요?"

내가 의문을 표시하자 정칠성 씨가 빠르게 끼어들었다.

"그거 다 빨갱이들 수작이죠. 아세요? 황교안 위에 김무성이 있고, 김무성은 개눈까리 박지원의 사주를 받아요. 개눈까리 위에 문재인, 김정은이 있고요."

"그래도 황교안이 요즘 보수의 지지를 받나 보던데요."

"황교안은 검은 거 검다, 흰 거 희다고 말하지 않는 기회주의자죠. 광주 가서 님의 노래 따라 부르고, 얼마 전엔 세월호 추모 장소에도 갔어요. 임금감이 못 돼요. 그러니까 황교활이지요."

내가 정칠성 씨에게서 들은 얘기는 그 자리에 모인 누구에게 들어도 같은 소리임을 확신한다. 시위에 참여한 다른 사람 얘기를 들어도 정칠성 씨에게서 들은 얘기와 다름없으리라. 그만큼 태극기부대의 주장은 충분히 공론화·일반화돼 있었다.

시위대가 경복궁역을 지나 효자동으로 접어들었다. 찻길을 점거한 행진이라 노선버스 한 대 지나다니지 못했다. 누군가 '박근혜'를 선창하자, '대통령'이란 후렴구가 따랐다. 그들은 여전히 박근혜가 대통령임을 주장했다. 반면에 '문재인' 선창에는 '빨갱이'란 후렴을 달아 자유민주주의의 이름으로 처단했다. 군복을 입었든 등산복을 입었든 그들은 끊임없이 군가를 불렀다. 하이힐에 흔들리며 아스팔트 위를 걷는, 옷차림이 유난히 알록달록한 아줌마를 따라가 봤는데 역시 군가를 잘 불렀다.

인생의 목숨은 초로(初露)와 같고
조국의 앞날이 양양(襄陽)하도다.
이 몸이 죽어서 나라가 산다면
아아, 이슬같이 기꺼이 죽으리라.

오래된 군가인 양양가(襄陽歌)는 애국당 당가이기도 했다. 중국 땅에서 조국의 해방을 학수고대한 광복군도 불렀고, 낙동강 전선에서 인민군과 대치한 국군도 불렀고, 월남으로 파병 가는 맹호부대 용사도 불렀던 그 노래를 소풍 가는 기분으로 부르고 있었다.

행진은 청운동 찻길을 막아 설치한 가설무대 앞에서 멈췄다. 무엇을 나타내려는지 성조기를 카펫처럼 무대 아래에 널찍이 깔았다. 나로선 그 의미를 알 수 없는 그들만의 퍼포먼스이자 제례 의식이었다. 미국과의 우호를 강조하려 성조기를 깔았다면, 정작 박근혜 아버지 박정희가 미국에 도움을 청한 민주인사를 사대주의로 몰아붙였던 사실을 어떻게 정의할 것인가. 지미 카터가 미국 대통령에 당선되면서 박정희의 유신독재가 꼬였던 사건 말이다. 지금의 미국을 생각하면 이해하기 어려운 나라가 미국임을 여실히 알 수 있다. 그토록 미국에 충성해온 박정희에게 카터는 민주주의와 인권을 들이대 궁지에 몰았다. 그러나 인생을 초로에 비유하는 태극기부대의 비장함 앞에 그런 역사적 사실쯤은 별문제 아닐 성싶었다. 박수 소리가 계속 터져 나왔다. 그러나 무대에서 이어지는 연사들의 지당한 연설에는 좀처럼 귀가 쏠리지 않았다. 어느새 나는 휠체어에 앉은, 전상자(戰傷者)로 보이는 노인에 한눈을 팔았다. 노인은 턱을 괸 채 심각한 표정으로 의정부에서 왔다는 자유한국당 홍문종 의원의 열변을 경청하고 있었다.

2010년 나는 한 출판사의 의뢰를 받아 난생처음 장편소설이란 걸 써야만 했다. 6·25전쟁이 막바지 휴전협정에 들어설 때였다. 강원도 금화에서는 치열하게 고지전이 벌어졌다. 그 저격능선 전투 이야기를 쓰려 여러 참전용사를 만났다. 지금은 비무장지대 안에 있는 오성산에서 국군과 중공군이 2만 명도 더 전사한 참혹한 전투였지만, 막상 쓰려고 자판기 앞에 앉으니 사실관계를 철저히 규명하기도, 독자가 빠져들 만큼 이야기를 흥미진진하게 전개하기도 어렵다는 것을 알아차렸다. 증언자로 선정한 참전용사들은 한결같이 반공정신이 투철한 이승만, 박정희 시대의 애국자였던 것이다. 공산주의가 나쁘다는 전제에서 글을 쓰려니 죽은 시신에 말을 거는 기분이었다. 글을 마음껏 쓰기 어려운 제약도 따랐다. 이를테면 중공군 시체에서 간을 빼내 술안주로 먹은 국군 중대장 이야기를 쓰려 했더니 여기저기서 극구반대했다. 증언자들은 하고 싶은 얘기만을 했다. 국군이 주둔한 병영을 돌며 몸을 팔러 다닌 위안부 이야기도 예외 아니었다. 심지어 민간인을 강간한 사건도 한둘이 아니었지만 기억나지 않는다며 번번이 얼버무렸다. 글쓰기를 포기할까 몇 번이나 생각했었다. 한편으로는 그때마다 영화인으로 살아남기 위해 무슨 일이라도 해야 했다는 젊은 시절의 임권택 감독이 떠올랐다. 그러나 살아남아야 한다는 생각에 온 힘을 쏟기에는 나이가 꽤 들었다는 사실도 깨달아야 했다. 그때 내 나이 오십하고도 셋이었으니.

다시 광화문으로 되돌아오는 거리에서 정칠성 씨가 내게 말했다.

"문재인 정권이 얼마나 악랄하냐는 광화문 분양소에 가면 알아요."

박근혜 탄핵에 항의하다 경찰의 과잉진압으로 다섯 명이나 사망했다는 놀라운 소식이었다. 뉴스나 신문에서 한번도 본 적 없는 사건인데, 정칠성 씨가 이끄는 데로 가보니 정말 분향소가 있었다. 향이 자욱이 피어오르고 다섯 열사의 영정사진이 보였다. 상복을 입은 남녀가 침통한 표정으로 나를 맞이했다. 영정 앞에 절을 하면서도 나는 마치 서유기에 나오는 요괴의 집을 방문한 기분이었다. 검은색 양복 차림의 남자에게 사인을 묻자 대형스피커가 떨어지면서 압사한 이도 있고, 경찰의 죽창에 찔려 과다출혈로 죽은 이도 있다고 전한다. 증거를 남긴 사진이라며 분향소 한켠을 가리켰다. 사자(死者)의 얼굴은 알아보기 힘들었고, 최근 찍은 사진치고는 빛이 너무 바랜 상태였다. 갑자기 펑! 연기가 솟구치며 가상의 무대가 일시에 와르르 무너질 것도 같았다.

날이 어둑어둑했지만 정칠성 씨는 인천 집에 돌아갈 생각이 전혀 없었다. 나더러 서울역에 가서 정식으로 대한애국당에 가입하라고 했다. 내가 다음으로 미루자 전화번호를 물어왔다. 스마트폰을 건네자 그가 익숙한 손놀림으로 내 전화번호를 입력했다. 정칠성 씨는 다음 주에 꼭 전화하겠다며 웃었고, 서울역에 급히 가봐야 한다며 뒤돌아섰고, 등산복과 군복을 헤집어 빠른 걸음으로 멀어져갔다. 그 순간 이 세상에서 가장 바쁜 사람은 아베의 화학물질 수출규제에 대응하는 외교부 직원도 아니고, 하이에나처럼 사냥감을 찾아다니는 정치 검사도 아니고, 인천시 작전동에 사는 페인트공 정칠성 씨였다. 가로등이 켜졌지만 어슴푸레한 기운이 삽시간 광화문에 퍼졌다. 버스가 전조등을 켜고 나타나기 시작했다. 불빛 사이로 갈팡질팡하듯 태극기부대 노인들이 나타났다 사라졌다. 낮부터 그들을 봐왔는데도 처음 본 사람들인 양 갑자기 낯설어 보였다. 그들이 유령처럼 오가는 길 한가운데 나는 우두망찰 서 있기만 했다.

집에 오자마자 소파에 몸을 던졌다. 확실히 아무렇지도 않게 견디기엔 버거운 시간을 보낸지라 그대로 깊은 잠에 빠져버렸다.

| 가난하지만 보수우파를 지지하는
  페인트공 정칠성 씨

어제 무엇을 보았지? 텔레비전에서 종종 봐서 낯설지는 않았지만, 이해할 수 없는 풍경인 건 확실했다. 이해할 수 없었기 때문인지 사람들 얼굴이 개별적으로 떠오르지 않았다. 조원진이 홍문종 같고, 홍문종이 정칠성 같았다. 내가 무엇을 보았든 눈에 보이는 것만 보았을 뿐인지도 모른다. 우리 모두가 죽도록 소유하고 싶어 하는 돈. 그 돈을 찍어내는 것은 눈에 보이는 조폐공사뿐 아니라, 자본과 금융의 논리이고 어쩌면 농간이지 않은가. 자본과 금융이 더 많은 통화량을 요구하지만, 눈에 보이지 않은 돈을 이야기하는 사람은 드물다. 무엇을 보았지? 태극기부대를 본 동시에 거대한 무의미를 보았다고 말할 수도 있다. 서울에 수많은 자동차 바퀴가 굴러다녀도 어느 때는 이 도시가 녹슨 쇳덩이처럼 적막하게만 느껴지지 않던가. 반면 시계 초침 소리에 한번 귀 기울이면 오랫동안 째깍거리는 소리가 귀를 떠나지 않아 잠을 설치기도 한다. 대한민국은 점점 이해할 수 없는 일을 이해해야 하는 나라로 변모하고 있다. 이해에 앞서 비난을 먼저 퍼붓고 싶겠지만, 태극기부대가 엄존하는 한 우리는 부득불 정치적 프로파간다(propaganda)와 사회 양극화 현상과 극단주의와 가짜 뉴스를 이해하지 않으면 안 된다. 광화문에는 세월호 분향소 대신 어느샌가 박근혜가 탄핵당했을 때 사망했다는 다섯 명 열사들의 분향소가 존재한다. 한때 죄 없는 민간인을 반공의 이름으로 처단한 간첩조작사건이나 내란음모사건의 현장을 눈앞에 보는 것 같았다.

어제 효자동에서 본 휠체어를 탄 노인이 생각났다. 동시에 '나뭇잎 묘지'를 쓰면서 만났던 인터뷰이 윤금도 씨가 떠올랐다. 윤금도 씨 전화번호를 손가락으로 찍었다.

"윤 선생님 오랜만입니다. 건강하시죠?"

"오, 이게 누군가, 고 작가 아닌가. 요즘도 글을 쓰시나?"

아흔 살이 가까운데도 여전히 목소리가 쩌렁쩌렁하다. 보나 마나 10여 년 전과 별다름이 없는 반공 투사이리라.

"그러믄요."

"요즘은 뭘 쓰시오?"

"태극기부대를 쓰고 있습니다."

나는 장난스레 대답했다.

"태극기부대? 뭐 또 부정적으로 쓰려는 겐가?"

'나뭇잎 묘지'를 다 읽고 나서 나에게 빨갱이라고는 대놓고 얘기하지는 않았지만, 눈을 가늘게 뜨고, 좀 수상한 사람이긴 했어, 윤금도 씨가 혀를 찬 게 벌써 10년 전이다. 여전히 그들은 반공 투사여서 조금만 건드려도 "빨갱이는 죽여도 좋아!"라고 토해내고 말리라. 유감스럽게도 죽어야만 하는 빨갱

이 숫자가 줄기는커녕 우후죽순 늘어나고 있다. 어제는 황교
안, 조갑제마저 어느새 빨갱이가 돼 있지 않던가.

"요즘 광화문이 들썩들썩하는데 윤 선생님도 나오시나요?"

"전처럼 자주는 못 가오. 요즘은 후배들이 앞장서고 우린 뒷
전에서 태극기만 흔들고 있다오."

자주는 아니지만 광화문 태극기부대에 합류한다는 소리였
다.

"동지분들은 여전하신가요?

"여전할 리가 있겠소. 자고 나면 부고가 오지. 이젠 몇 명 남
지도 않았어. 그래도 송장들끼리 정기적으로 소식을 주고받긴
하오."

"그럼 조만간 동지분들서껀 광화문에서 한번 뵙죠."

"뭐 그럽시다. 우린 시간 많은 사람들이니 언제든 전화를 걸
시오."

휴대폰을 덮고 창문을 바라보았다. 아무도 살고 있지 않은
것처럼, 다시는 미래가 오지 않을 것처럼 동네가 적요하다. 밤
사이에 날씨가 급변했다. 하늘이 뿌옇다. 미세먼지가 사람들
의 출입을 금지한 걸까. 아침 일찍 미세먼지 경계령이 스마트
폰에 떴다. 군부독재 시절에도 스마트폰이 있었다면 긴급조치

발령을 문자로 전송했을지 모른다. 계엄령과 긴급조치를 번갈아 내려 거리를 단속했던 시절이 있었다. 주로 공영방송 주파수에서 중저음의 남자 아나운서가 위급한 상황임을 알려왔다. 광화문 같은 트인 공간에서 시위를 벌이는 일은 상상조차 할수 없었다. 모든 집회는 시민회관이나 체육관, 혹은 담장으로 둘러싸인 운동장이나 교실로 제한했다.

월요일마다 학생들은 운동장에서 열중쉬엇! 자세로 교장의 기나긴 훈시를 경청해야 했다. 비가 오는 날을 빼곤 어김없이 교장이 단상 위에 섰다. 긴급조치가 해제되지 않은 날에는 넥타이를 매지 않은 양복 차림이었고, 어느 땐 교련복을 입고 단상에 올랐다. 땡볕이 내리쬐는데도 한 시간 가까이 마이크를 놓지 않는 교장도 있었다. 학생들이 픽픽 쓰러진 날도 있었지만, 다음 월요일이면 교장이 또 단상에 올랐다. 훈시는 교실로 자리를 옮겨 담임선생에게로 이어졌고, 어느 땐 고학년 학생이 교장이나 담임선생 대신 후배 학생들에게 훈시를 전했다. 그런데 이상하다. 그들에게서 들은 무수한 얘기들 가운데 딱히 기억나는 것이 없다. 초등학교 때 이미 줄줄 외운 '국민교육헌장'의 범주를 벗어나지 않았던 것 같다. 우리는 민족 수호의 역사적 사명을 띠고 이 땅에 태어났다…… 그 비슷한 가르침은 학교를 마치고 군대와 회사에 진출해서도 계속 이어졌다.

그들의 훈시에 얼마큼 내가 계몽됐는지 알 수 없다. 나는 그다지 감동하지 않았지만, 누구는 이를 악물거나 눈물을 흘렸는지도 모른다. 내게는 같은 내용을 다른 형식으로 변주하는 것처럼 들렸으나, 두고두고 잊지 못할 잠언이라 여겨 마음에 새겨 놓은 학생이 의외로 많을지도 모른다. 국민교육헌장의 주옥같은 문장들 뒤에 숨은 불평등을 읽어내거나 교장의 지당한 말씀이 사회적 욕망을 주입하는 방법임을 알아챈 학생이 과연 몇이나 있었을까. 라디오나 텔레비전을 켜고 뉴스를 들으면 운동장이나 교내 강당에서 들은 얘기가 녹음기처럼 되풀이 흘러나온다. 근면, 성실, 협동, 단결, 개발…… 그중 반공만큼 자주 오르내린 말은 없었다.

으아아악! 준비된 칼로 손가락을 자를 때야 비로소 사람들은 단상을 쳐다봤다. 그 소리가 들리기 전 운동장 분위기는 어수선했다. 부식차가 막걸리를 드럼통에 실어 왔다. 운동장 한켠에는 사지가 멀쩡한 돼지가 껍질이 벗겨진 채 누워 있다. 아줌마 몇이 식칼을 휘둘러 돼지 뼈를 빠개고 내장을 발라낸다.

가마솥에서 국물이 펄펄 끓고 삶은 고기의 누린내가 운동장에 좍 퍼진다. 사회자가 마이크를 붙들고 뭐라 얘기하지만 쳐다보는 사람은 드물다. 관중들은 운동장 맨바닥에 앉아 뜨거운 국물과 차가운 막걸리를 번갈아 마신다. 국회의원과 도지사는 벌써 다녀갔고 단상에는 구청장과 경찰청장, 동장 등 낯익은 얼굴만 남아 있다.

드디어 그가 등장한다. 사회자는 반공·멸공을 외치고는 작년과 마찬가지로 손가락을 하나 자를 거라 했다.

아아아아아아아…… 그가 처음에 내지른 으아아악! 소리에 이어 신음이 길게 이어졌다. 잘린 손가락에서 피가 뚝뚝 떨어진다. 일그러진 얼굴, 실핏줄이 터져버린 눈의 흰자위. 아으 씨발! 그는 단상의 사람들이건 운동장 사람들이건 가리지 않고 눈을 부라린다. 해마다 손가락을 잘라 남은 손가락이 별로 없지만 혈서를 종이에 써서 반공·멸공을 완성한다. 박수소리가 운동장을 가득 메운다. 경찰서장이 다가가 등을 쓰다듬어 주고서야 동네 애국아저씨의 가쁜 숨이 잦아든다. 단상 아래로 내려간 그는 아마도 조선시대 망나니처럼 숨도 쉬지 않고 막걸리를 들이켰을 것이다.

단지(斷指)는 애국아저씨만의 전유물이 아니었다. 텔레비전

지만 역부족이었다. 동종 업계에서 불렀지만 박공팔 씨는 출판 일로는 희망이 없다고 판단해 새로운 직업을 모색했다. 박공팔 씨는 냉동차를 몰기로 했다. 운전을 잘하는 영업부 직원이었던 그는 수월하게 대형 면허를 취득해 1.5톤 냉동차 운전원으로 취직했고, 2년 뒤에는 수입이 훨씬 낫다는 5톤 냉동차를 할부로 샀다. 할부를 채우려면 서울에서 울산을 하루 한 차례 왕복해야 했다. 하루 18시간을 운전석에 앉아 고속도로를 달린 날도 있었다. 출판사가 기울었을 때 다른 출판사로 재빨리 옮기지 않은 것을 두고두고 후회하곤 했다. 집에 오면 곯아떨어졌고, 잠에서 깨어나면 트럭을 대기해 놓은 화물터미널로 허청허청 걸어갔다. 트럭 운전해서 번 돈을 은행과 집에 바치는 동안 아내가 바람을 피웠다. 잡히기만 하면 다리를 부러뜨려 놓을 거야. 그러나 여전히 할부를 부어야 했으므로 집 나간 아내를 찾아 거리를 마냥 헤맬 수는 없었다. 다시 서울에서 울산을 왕복으로 달렸지만, 그 전과 달리 이상스레 운전대만 잡으면 폭포처럼 졸음이 쏟아졌다. 각성제를 입에 쏟아붓다시피 해도 졸음이 와서 도무지 견딜 수 없었다. 혹시 힘든 일을 겪고 있나요? 그 일을 외면하고 싶은가요? 의사는 기면증(嗜眠症)에 걸렸다고 했다. 현실에서 도피하려는 심리가 수면을 불러오는 거라고 진단했다. 박공팔 씨는 끝내 직장을 그만두고 집에 들어와 드러누울 수밖에 없었다. 그러자 집을 나가 몇 달째 소식 없던 아내가 돌아왔다. 아내는 사과 한마디 없이 대뜸 이혼서류를 디밀었다. 박공팔 씨가 거절하자 가정법원에 이혼 신청을 냈다. 집을 나갔다 들어온 이력으로 아내의 이혼 사유는 기각됐다. 그때부터 아내는 분풀이라도 하듯 집에서 빈둥거린다고 구박했으며, 하나뿐인 딸도 엄마 편을 들었다. 박공팔 씨는 다시 화물터미널로 향해야 했다. 갈 데가 거기밖에 없었다. 꿈속에서 헤매듯 고속도로를 달렸다. 꿈인 듯 꿈이 아닌 듯 눈보라 치는 고속도로 빙판길을 지났다. 긴 터널을 지나면 죽음을 향해 트럭이 빨려 들어가는 것 같았다. 각성제 과다복용으로 집에서는 불면증에 시달렸다. 정신병원에 가서 치료를 받았으나 별 효과가 없었다. 할부가 끝나는 날 박공팔 씨는 5톤 트럭을 용달로 바꿔 소형 이삿짐을 날랐다. 차를 바꾸면서 생긴 차액은 딸의 대학 등록금으로 들어갔다. 나이가 들면서 당뇨가 심해져 쉬는 날이 많았다. 그런 날에는 시도 때도 없는 아내의 외출을 독방에서 지켜봐야 했다.

설조 스님의 단식은 41일 만에 끝났지만, 단식장 천막을 걷어낸 건 그 한 달이 지나서였다. 깃발과 구호, 촛불과 함성이

난무하던 우정국 뒷마당은 마지막 상영이 끝난 극장처럼 공허했다. 그 자리에서 여든여덟 살 설조 스님이 단식했다는 사실이 거짓말 같았다.

8월 중순을 넘어서야 아프리카 대륙보다 더 뜨겁다는 우리나라의 여름이 꺾이기 시작했다. 조계사 법회에 참석하러 우정국 앞을 지나다 나는 걸음을 멈추었다. 여름 내내 우정국 느티나무에 붙어 울던 매매 소리가 들리지 않았기 때문이었다. 노숙자 몇이 천막이 있던 자리에서 아침나절부터 막걸리를 마시고 있었다. 누가 나를 불렀다.

"오늘은 왜 선글라스를 끼지 않았소?"

박공팔 씨였다. 놀랍게도 그는 아직 여름인데도 몇 겹이나 옷을 껴입고 있었다. 등 뒤로 커다란 배낭이 보였고, 수염을 깎지 않은 얼굴이 꺼칠했다. 영락없는 노숙자 행색이었다.

"나 집 나왔수."

궁금해하는 내게 수고를 덜어주듯 한 마디 던지고서 그는 말을 이었다.

"집에 있는 게 지옥 같았지요. 마누라의 남자가 초등학교 동창 행세를 하며 집에 놀러를 오지 않나……. 여기 나와 설조 스님과 시위자들을 도울 때가 맘이 편했어요. 여기서 노숙자 몇 명과도 친해졌고. 짐을 싸 들고나와 그 친구들과 거리에 뒹구는 것도 그리 나쁘지 않더군요. 아니, 이제는 마음이 홀가분해요. 다시는 집에 들어가고 싶지 않고……."

"겨울이 들이닥치면 어쩌시려고요."

"부처님도 거리에서 태어나 거리에서 돌아가셨잖아요."

"그새 불교 공부를 하셨나 봐요?"

"공부라고 할 건 없고 조계사가 가까우니까 여기저기서 좀 주워듣고 있죠."

말은 편안하게 하지만 그의 입에서는 매미 울음이 들려 나오고 있었다. 매미의 울음소리가 덩치에 비해 큰 것은 몸속이 북처럼 비어있기 때문이란다. 매미가 처절하게 울수록 몸은 껍질만 남게 되는 셈이다. 평생 가족을 먹여 살리려 노력한 가장이다. 죄가 있다면 바람난 아내를 모질게 쫓아내지 못했을 뿐. 집을 나와 노숙자가 될 수밖에 없는 박공팔 씨의 억울한 사연이야말로 매미 울음이 아닌가.

"끼니 거르지 마세요. 좋은 일이 생길 때까지 모쪼록 건강하셔야 해요."

나는 박공팔 씨에게 덕담을 건넸다. 마지막으로 악수하는데 박공팔 씨의 뺨에 눈물이 흘렀다.

그 후 나는 박공팔 씨를 빠르게 잊었다. 조계사와 인연을 끊고 나가지 않았으므로 우정국 앞을 지날 일도 없었다.

그런데 나부끼는 태극기와 성조기 사이에서 그를 볼 줄이야! 거의 1년하고도 3개월 만이었다. 그사이 그는 완벽하게 노숙자 모양새를 갖추었다. 날씨가 추워서겠지만 동복을 겹겹이 껴입고, 그 위에 스님이 입는 장삼을 걸쳤다. 머리를 빡빡 밀어 영락없는 스님이었고, 길게 기른 수염이 도사나 선지자처럼 보였다. 눈에 띄는 것은 등에 짊어진 금불상이었다. 그는 배낭 대신 플라스틱 구조물로 보이는 조악한 불상을 짊어지고 다녔다. 머리 위로 피켓을 이고 다녔는데 정치적 구호를 담은 내용이었다.

봤나. 청와대여당 좋아서 지지한게아니라 빨아먹으려고 지지한거다.나머지국민도 생각해서 구충제먹고 정신차려라

박정희 독재에 반대해서 데모하고, 조계종 민주화를 언급하면서 시위 도구를 공급하던 사람치고는 놀라운 변신이었다. 가까운 거리에서 박공팔 씨를 보았지만 나는 못 본체 뒤돌아섰다. 그 순간 웃음소리가 등을 쳤다.

"오늘 같은 날은 선글라스를 끼고 다녀야 하는 거 아니오."

박공팔 씨의 차가운 손에 흔들리며 억지로 웃어야 했다. 꼼짝없이 붙들린 나는 그간의 묵은 이야기를 듣는 수고를 감수해야 했다.

"우정국을 나와 겨울을 쉼터, 센터라고도 부르는 보호시설에서 보냈죠. 그 안에 들어가 보니 사회와 별 차이가 없더라고. 없는 놈들이 질서유지를 핑계로 영역 다툼을 벌이는데 보통 심한 게 아니더군요. 봄이 오길 기다려 거리로 되돌아왔지. 거리는 거리 대로 쌈깨나 하는 양아치 노숙자들이 푼돈을 뜯으러 다니거든."

박공팔 씨가 잡은 터전은 지하철 종각역이었다. 지하철이라서 비바람을 피할 수 있었고, 화장실에서 세면을 할 수 있었고, 무엇보다 역무원과 경찰의 보호를 받을 수 있었다. 단 하나, 지하철을 드나드는 사람들에게서 멀어질 수 없는 것이 단점이었다. 사람들의 시선, 특히 여자들의 눈초리가 꺼림직했다. 아내의 무시와 딸의 경멸이 기억을 괴롭히는 것이었다. 결과적으로 식구들에게 집 한 채 마련해주지 못했지만 노력을 게을리했던 적은 결코 없었다. 집값이 계속 올라 공원에 떨어진 비둘기 털 같은 월급을 모아서는 도저히 장만할 수 없었다.

은행을 찾았지만 주택담보대출이란 걸 받지 않고서는 집을 살 만한 목돈을 타낼 수 없었다. 오랫동안 집이 없는 공허감을 견뎌온 아내는 어느 날부턴가 노골적으로 전셋집이 지겹다고 토로하기 시작했다. 그 말이 어느 때고 집을 나가겠다는 전조인 걸 박공팔 씨는 알지 못했다. 전철이 역에 멈추거나 출발할 때 들리는 바퀴 소리가 보통 때와 달리 유난히 끽끽거릴 때가 있다. 박공팔 씨는 그 소리가 아내의 목소리처럼 들려 귀를 막곤 했다. 지하철 노숙자가 지나가는 여자를 갑자기 때리고 도망가는 사건이 곧잘 발생한다는데 남의 일이 아니었다. 몇 년 전엔 전동차를 기다리던 여자를 노숙자가 밀어 승강장 아래로 떨어진 사건도 있었다. 여자는 전동차에 받혀 즉사했다. 그 이야기를 듣고 주눅이 든 박공팔 씨는 며칠 동안 감히 얼굴을 쳐들지도 못했다. 아내를 찾아가 끔찍한 복수를 저지르고 싶었던 마음을 들킨 기분이었다.

태극기부대 사람을 만난 건 그 무렵이었다. 한 노인이 잔뜩 술에 취해 박공팔 씨 앞에 털썩 앉았다. 그리고는 배낭에서 막걸리를 꺼내 나눠 먹자고 했다. 노인이 다짜고짜 나라가 망하게 됐으니 어찌해야겠냐고 물어왔다. 출판사에 있을 때 부도가 나게 생겼으니 어찌해야겠냐고 사장이 물어온 이후 처음 듣는 말투였다. 트럭을 몰았을 때나 노숙자로 생활했을 때 사람들은 그에게 끊임없이 무언가 충고하거나 조언하거나 평가할 뿐이었다. 오랜만에 사회 구성원으로 인정받는 기분이었다. 사람대접받는다는 생각에 노인이 건네는 박근혜 탄핵의 부당함과 문재인 정권의 독재를 아무런 거슬림 없이 듣게 되었다.

그 며칠 후, 박공팔 씨는 노인을 찾아 광화문으로 갔다. 태극기부대 봉사자들이 노숙자인 그에게 도시락을 제공하고 따듯한 커피도 타줬다. 존재를 확인받아선지 이상하게 마음이 들떴다. 노인들이 퍼붓는 저주의 말들을 아무런 저항감 없이 듣고 있는 그 자신이 놀라웠다. 이제까지 세상을 잘 못 살아왔다는 생각도 들었다. 노인들과 어울려 다니며 "박근혜 석방, 문재인 구속"이라는 구호를 외치고 마지막으로 '빨갱이는 죽여도 좋아'로 마무리하면 이상하게 막힌 기도가 뻥 뚫리는 느낌이었다. 집회가 끝나면 어린애들처럼 빵이나 떡이나 사탕을 나눠 먹는 즐거움도 따랐다. 문재인이 무얼 잘못했는지 모르겠지만 외롭지 않아서 좋았다. 갈수록 신명이 돋아나고, 공수가 쏟아졌다. 도대체 민주주의란 게 뭔가. OECD 국가 중 자살률 1위 아닌가. 하루에 40여 명이나 죽는다지? 이혼율도 그에 못지않단다. 민주주의를 성취했다지만 박정희 시대와 다름 없는 저임금과 임금체납과 가정폭력, 박정희 시대보다 못한 고용불안과 비정규직과 낮은 성취감과 감정노동과 고립 노동과 직장에서의 영역 다툼과 빈부격차와 가정불화와 의부의처증과 알코올 중독과 치매…… 무엇보다 박정희 시대에는 없던 노숙자들이 그 더러운 옷으로 방금 청소한 보도블록을 쓸고 다닌다. 자살하려다 용기를 잃고 노숙자가 된 자가 어디 한둘일까. 노숙자로 살다가 끝내 자살한 자도 적지 않을 거야. 물론 거리를 쏘다니다 차에 치여 죽거나, 얼어 죽거나, 아파서 죽는 이도 있겠지. 그나저나 노숙자들은 왜 분노하지 않는 거지? 왜 한결같이 체념한 몰골들이지? 분노해라. 분노하면, 울분을 토해내면 속이라도 후련해지잖아. 노숙자가 된 것이 내 탓은 아니잖아. 남 탓일 가능성이 농후하고 사회 구조적인 원인을 배제할 수 없지. 그도 그럴 것이, 가정을 지키고 식구들을 먹여 살리기 위해서라면 무슨 일이든 몸을 바쳤던 나 같은 노숙자도 있잖아. 왜 노숙자를 정신병자나 행려병자나 부랑아나 루저나 좀비나 길고양이 취급하냐고! 노숙자의 괴로움을 나눠 갖지도 않을 거라면 그만 충고하고, 그만 조언하고, 그만 평가하라고! 너희들, 타인에게 무관심한 너희들, 너무 논리적이면서 너무 사랑이 없는 너희들, 너희들도 안심하지 말라고. 너희들도 언젠가는 자살하거나 노숙자가 될지도 몰라. 길고양이처럼 쓰레기통이나 뒤지며 살지도 모르는데, 그러고도 대한민국이 문제 아니고, 문재인이 문제 아니냔 말야!

박공팔 씨는 날마다 피켓에 쓸 구호에 골몰했다. 구호가 널리 퍼지려면 보통의 행색으로는 어렵다고 생각했다. 머리를 바리캉으로 박박 밀고, 조계사를 배회하다 주운 승복과 불상으로 몸을 치장하기에 이른다. 자, 이제 거리에 전사로 태어났으니 어쩔래, 이 빨갱이 새끼들아!

▌푸른빛이 출렁이다

아침에 일어나니 푸른대문집이 소란스러웠다. 유리창 깨지는 소리가 들리고 그릇들이 자지러진다. 호기심 많은 원서동 이웃들이 창문을 열거나 대문 밖으로 나와 그 집을 주시했다. 푸른대문집 앞 언덕에 못 보던 벤츠가 주차해 있고, 한 중년 여자가 차 옆에서 담배를 초조하게 빨아댔다. 그녀의 팔에 안긴 미니어처 푸들이 담배 연기가 괴로운지 낑낑댔다. 500만 원을 호가한다는 일본산 반려견으로 옅은 갈색 털을 지녔다. 담배를 다 피운 여자는 욕을 내뱉듯 길에 꽁초를 버리더니 푸른대문집으로 들어갔다. 열린 대문 사이로 남녀가 힐끗힐끗 오가는 모습이 보인다. 노인이 살았을 때는 상상조차 못 했던 광경이었다.

나중에 동네 부동산에서 들은 얘기지만 노인의 자식과 며느리가 빈집을 방문한 것이었다. 자식이 없는 줄로만 알아 의외였지만 따지고 보니 무슨 근거로 노인을 무연고자로 생각했는지 알 수 없었다. 노인의 시신은 지금 납골당에 모셔졌다고 한다. 시신이 무연고자면 빈소가 없는 안치실을 거쳐 화장실로 간다. 그리고는 납골당에 이삼 년 보관했다가 유기한다는 이야기를 그때 처음 들었다. 다행인지 뒤늦게나마 자식들이 나타난 것이었다. 한날한시에 원서동에 등장한 그들은 노인이 남긴 재산 문제로 대판 싸움을 벌였다. 죽은 지 보름이 지나서야 시신이 발견됐다는 사실에 그들은 어떤 죄의식도 느끼지 않았다. 물론 썩은 생선을 고농축한 냄새 앞에 방호복을 꺼입고 대처한 특수청소원 얘기도 그들의 관심거리가 아니었다. 이 세상에서 가장 악취가 풍기는 돈 앞에 그들은 하이에나처럼 몰려들어 종일토록 서로 물어뜯고 할퀴었다. 그들이 사라지자 푸른대문집은 폭풍이 지나간 뒤처럼 조용했다. 가끔 길고양이만 담장이며 지붕을 어슬렁거릴 뿐 인기척이라곤 없었다. 대문은 쇠사슬을 묶여 굳게 닫혔고, 누가 설치했는지 CCTV가 바깥을 감시하고 있었다. 그런데 나만의 느낌일까. 대문을 칠한 푸른색이 노인이 사라진 뒤 더 푸르러지기 시작했다. 마치 죽은 나무에서 돋아난 나뭇잎이 눈부시게 푸른빛을 띤 형상이었고, 어느 때고 대문이 열려 쪽빛 바닷물이 출렁출렁 쏟아져 나올 것 같았다.

| 고지전에서 살아남은
   일등상사 윤금도 씨

윤금도 씨를 만나러 광화문으로 가는 길에서 그의 나이를 어림해보았다. 무려 아흔이 가까울 것이었다. 그를 만난 십 년 전보다 대한민국 남자의 평균수명이 얼마나 늘어났을까? 10년 전 윤금도 씨가 내게 건넸다.

"국군이 26만 명이나 죽었는데 누군가 기록을 해줘야 하지 않겠소."

"대한민국에 작가가 많은데 제가 써도 되는지 모르겠습니다."

"다들 안 쓰려고 해요. 6·25 이야기 쓰면 책이 안 팔린대요."

출판사 사장을 비롯한 6·25전쟁을 증언할 참전용사들, 증언자들의 군대 후배라는 중년 남자들이 한꺼번에 웃었다. 무명작가인 나를 만난 까닭이 전모를 드러내는 순간이었다. 씁쓸하게 웃고 있는데 윤금도 씨가 덧붙였다.

"우리가 살날이 얼만 남지 않았소. 이미 대한민국 남자의 평균수명에 가까워졌어요."

그때 윤금도의 나이 꼭 팔십이었다. 전쟁터에 살아남은 자들의 입을 통해 잊혀가는 전쟁을 상기해달란 소리였지만, 어떤 물질적 보장이나 지원도 언급하지 않았다. 다만 손해는 보지 않으리란 암시 비슷한 말에 내 곁에 앉은 출판사 사장의 동공이 살짝 확대되는 것을 나는 보았다. 그때 나는 부진한 사업에 뭔가 돌파구를 찾던 시기였지만, 책 쓰기가 그 대안이리라고는 생각지도 못했다. 전업 작가로 불리며 책을 쓰는 친구들이 겪는 가난과 궁상을 익히 알고 있었기 때문이었다. 그런데 묘했다. 다시는 글을 쓰지 않겠다고 다짐한 스물여덟 살 때의 결심이 흔들렸다. 나이 쉰이 넘었지만 누군가 지피면 살아날 불씨가 내 아궁이에 남아 있었을까.

"6·25 하면, 김일성이가 탱크로 휴전선을 밀고 내려와 낙동강 전선으로 후퇴하고, 맥아더의 인천상륙작전으로 전세가 역전돼 압록강까지 밀고 올라간 1년 동안의 전쟁만 기억하는데, 그 후에도 2년을 더 싸웠소. 민간인들 눈에 띄지 않는 산속에서 싸워 잘 알려지지 않았을 뿐이지만 아흐, 그 지긋지긋했던 고지전! 그걸 써달라는 얘기요."

윤금도 씨는 강원도 금화에서 겪은 고지전을 기록으로 남기고 싶어 했고, 내 아궁이에는 불씨가 남아 있었다. 나는 20년의 공백을 넘어 '나뭇잎 묘지'를 쓰기 시작했다.

불씨가 살아났을뿐더러 불길이 훨훨 타올랐다. 책을 완성하라고 내게 주어진 시간은 1년. 그사이 다큐멘터리건 소설이건 써야 했다. 처음에는 다큐멘터리를 쓰고 있었는데 어느새 소설로 변하고 말았다. 그 사이 생업을 중단하고 오로지 자료를 수집하거나 글을 쓰는 데 전념했다. 다른 작가들이야 어찌하든 글을 빨리 쓰려고 두 과정을 동시에 진행했다. 덕분에 10개월 만에 다 썼지만, 책이 인쇄물로 나오면서 드러난 졸속은 과정의 조급함을 여실히 보여주었다. 6·25전쟁 같은 거대담론을 1년 안에 담아낸다는 게 처음부터 무리였다. 여러 차례 지적받았듯이 결말이 신통치 않은 소설이었다.

책을 쓰겠다고 하니 애국심에 넘친 참전용사들이 기꺼이 인터뷰에 응했다. 인터뷰이는 철저히 전쟁 당시 국군 하사관급 이하의 사병에 국한했다. 장교들, 특히 장성급들의 무용담은 이 세상에 충분히 알려졌을 게 뻔했다. 내 관심은 입대하기 전부터 못 먹고 못 배운 말단소총수들이었다.

윤금도 씨는 십삼 남매 가운데 한 명이었다. 흉년이 들자 끼니를 거르는 일이 잦았다. 윤금도의 십삼 남매는 물병 속에 잠긴 콩나물 뿌리처럼 가늘고 창백해졌다. 군대는 배고픈 젊은이들을 밥으로 유혹했다. 군대에 가면 밥은 굶지 않는다고 했다. 그런데 먹어도 먹어도 헛밥을 먹은 듯 배고픈 게 군댓밥이었다. 훈련소에서건 자대에서건 삼시 세 끼 불그레한 밀밥에 콩나물 몇 가닥 빠뜨린 소금국이 나왔다. 게다가 그냥 밥을 주는 날이 드물었다. 한 끼로는 감당하기 버거운 고된 훈련 끝에 밥을 주었고, 취사장 군기를 잡는다며 밥을 줄 때마다 구타와 기합을 일삼았다. 그뿐 아니었다. 병사가 먹는 밥과 하사관이 먹는 밥이 달랐고, 장교가 먹는 밥이 달랐다. 병사는 정량에 못 미치는 밀밥과 콩나물국을 먹었고, 하사관은 겨우 정량을 찾아 먹었고, 장교는, 그 가운데 고급장교는 쌀밥과 고깃국을 수시로 먹었다. 요컨대 밥의 내용과 밥을 씹을 때의 질감을 결정하는 건 계급이었다.

계급이 높아야 정량을 먹거나 쌀밥을 먹을 수 있었지만, 병사의 계급으로도 불가능한 일은 아니었다. 전방에 가면 밥을 마음껏 먹을 수 있다. 전투에 이기면 쌀밥을 먹을 수 있다. 지휘관들의 독려는 대부분 밥에 관한 것이었다. 그 말의 헛됨을 알면서도 늘 쌀밥에 대한 기대를 버리지 못했다. 희고 기름진 쌀밥이나 원 없이 먹어 보았으면! 전쟁이 발발해 산천초목이 피폐해졌지만 혈기방장했던 그들은 늘 배가 고파서 눈만 뜨면 먹을 궁리를 했고, 배가 부르면 여자 생각이 났다.

생사의 갈림길에서 국군과 미군은 남한에서건 북한에서건 여자를 탐닉했고, 때로 강간도 불사했다. 일본군이 위안부에게 자행한 야만과 크게 다르지 않았다. 승리하지 못한 전투와 더불어 참전용사들은 그 일을 여간해서는 고백하지 않으려

했다. 그들은 이야기하고 싶은 것만 이야기하고 싶어 했다. 그렇지만 짓궂은 나는 끝까지 추궁했고, 마침내 곤궁한 변명처럼 더듬거리며 꺼내는 이야기를 노트북에 담을 수 있었다. 상당수 참전용사가 부대에서 공공연한 매춘을 경험했으며, 전투에서 이겨 포로로 잡은 인민군 여군을 전리품처럼 여겨 성욕을 채웠으며, 행군하다 들른 마을에서 민간인 부녀자를 강간했다고 증언했다. 미군 폭격기에 반파돼 시커멓게 그을린 민가에서도 끓어오르는 성욕을 견딜 수 없었다며 그들은 웃었다. 인민군과 중공군에 대해 물었을 때 그들은, 그거야 그 녀석들이라고 별수 있었겠느냐며 넘어가려 했다. 구체적 사례를 묻자, 뭔가 듣기는 했는데 너무 오래된 이야기라 잘 기억나지 않는다고 어물거렸다. 그렇지만 내가 알기로 인민군과 중공군은 강간을 삼갔다. 그들이 고상해서가 아니라 여자를 강간하면 총살형에 처하는 엄한 군율 때문이었다. 중공군은 우리가 배웠듯 인해전술만 펼치는 떼놈이 아니었다. 그들은 한국전에 참전하기 전 수년 동안 국공내전을 치러 단련된 군대였고, 적벽대전에 버금가는 전술을 펼칠 줄도 알았다. 한국군이 적군 포로뿐 아니라 민간인까지 강간한 사례에 대해 내가 만난 퇴역 장성은, 그 당시 국군이 민사 교육을 충실히 받지 못했다고, 순순히 잘못을 시인했다.

"내 전에도 말하지 않았소? 살아남는 것이 중요했다고. 미군 쌕쌕이나 중공군 인해전술이 아무리 무서워도 전쟁은 결국 살아남는 자가 이기는 게 아니겠소?"

광화문에서 만난 윤금도 씨가 말문을 열었다. 반어법을 써서 동의를 얻어내려는 말투가 10년 전하고 똑같았다. 얼굴도 크게 달라진 데가 없었다. 당신 말로는 왠지 100살을 훨씬 넘어 살 거 같아서 불길하다고 했다. 빈틈없는 성격의 반공주의자로 내게서 불리한 질문을 들으면 피해 가는 요령이 꽤 능란했던 사람이다. 대표적인 말투는, 내가 이제 나이가 들어 잘 기억나지 않는다는 것이었다. 그러다가도 서울을 수복한 기세로 보전포(步戰砲)와 함께 북상해 평양까지 점령해버린 쾌거를 빠르고 유쾌하게 기억해내곤 했다.

윤금도 씨가 동지라고 부르는 6·25전쟁 참전용사들은 몇 명 보이지 않았다. 한도 많고 곡절도 많은 대한민국에서의 평균수명을 마치고 그들은 각자 천국이든 지옥이든 어디론가 떠났다. 그들 대신 윤금도 씨 곁에는 후배라고 부르는 노인들이 무리를 이루고 있었는데, 제대하고서 같은 부대에 다녔다는 이유로 만나는 친목 단체 사람들 같았다. 주변을 자세히 보니 해병대와 공수부대 출신, 월남전에 다녀온 맹호부대 출신, 육사나 ROTC 출신이었고, 깃발도 휘장도 다양하고 요란했다. 그들은 세월호 유족을 불법 사찰했다는 혐의로 수사를 받다 자살한 이재수 전 기무사령관을 추모하고 그의 억울함을 성토했다.

윤금도 씨가 말을 이었다.

"이재수 기무사령관이 뭘 잘못을 했겠소. 박지만하고 친하니까 좌빨들이 찍어낸 거지. 다 주사파들 선동이오. 요즘 젊은것들은 뭘 알지도 못하면서 이승만, 박정희 대통령이 나쁘다고 하지. 그들이 나라를 만들어줬고 밥을 먹여줬는데 말야. 낳아주고 키워준 부모에게 배은망덕이지."

"요즘 애들은 여전히 이해하지 못하는 게 있어요. 박정희 대통령이 일본 육사 출신이라는 사실이죠. 다카기 마사오가 그의 일본명이잖아요. 우리는 그럭저럭 넘어갈 수 있는데 그 자체가 충격인 애들이 적지 않아서요."

"그거 이제 덮을 때도 됐지 않았소? 좌파 선생들이 자꾸 아이들을 부추겨서 문제야. 지난 선거에서 박근혜를 뽑은 것으로 아버지 문제는 친일이든 독재든 끝난 거 아닌가. 조선을 개

국한 이성계가 명나라에 사대한 얘기까지 끌어내려는가 말이야.”

박정희에 대한 나빴던 기억을 청산하자는 것이 윤금도 씨의 말뜻이었다. 전쟁이 길어지면서 죽거나 사는 일이 해가 지고 뜨는 일처럼 무덤덤해지더라고 어떤 증언자는 말했었다. 박정희 장기독재로 박공팔 씨나 우리 세대의 대다수가 민주주의를 부질없는 희망으로 여겨 묵묵히 직장에 나갔던 때와 별다름이 없었다. 햇빛과 바람과 눈비를 견디면서 상처가 둔감해졌다고 할까. 어떤 인터뷰어는 죽음의 공포에 벌벌 떨며 전투를 벌인 거 같은데 이상하게 전투지역이 기억나지 않는다고도 했다.

“먹고사는 것이 가장 문제였어. 박정희 대통령은 어쨌든 먹고살게 해줬잖아. 경제가 우선이고 자유는 그다음이지. 대를 위해 소를 희생한다는 말 모르오. 그런데 이놈의 좌파들은 정권만 바뀌면 위안부 얘기 끄집어내잖아. 세월호는 또 어떻고. 시간이 흘렀으니까 인제 그만 넘어가야지, 언제까지 과거에 매달리나.”

“오늘 이렇게 광화문에 나오신 건 문재인을 성토하기 위해서잖아요. 문재인이 뭐가 문제인가요?”

"문재인이 현충원 가서 김원봉에게 뭐라 헌사했소? 6·25전쟁에 인민군으로 참전해 훈장까지 받고 노동상까지 지낸 자를 국군 창설의 뿌리라고 하지 않았소. 그러니까 가짜 촛불을 이용해서 정권을 잡은 빨갱이 소리를 듣지. 그리고 제발 경제를 망치지 말았으면 좋겠어."

윤금도 씨가 혀를 찼다. 윤금도 씨에게 공산주의가 왜 나쁜지 묻는 건 실례였다. 그는 6·25 전쟁사에서 가장 치열했던 저격능선 전투를 몸으로 치러낸 사람이다. 전투 양상은 중공군과의 고지 전이었다. 강원도 김화 오성산 아래, 높이 600미터 안팎의 능선에서 42일 동안 28번이나 고지를 뺏고 뺏기는 쟁탈전을 벌였다. 2만 명이 넘는 국군과 중공군이 전사했다. 단일 전투로는 6·25전쟁을 통틀어 쌍방 최대의 인명 피해를 냈다. 죽이지 않으면 죽어야 했기에 윤금도 씨는 처음부터 공산주의의 군대, 아니 공산주의자를 증오할 수밖에 없었다.

"우리를 꼴통이라 부르지만, 목숨 바쳐 나라를 지켜줬잖소. 그뿐인가. 전쟁통에 나라가 잿더미가 됐지. 남아있는 공장 몇이나 됐겠어. 그 또한 우리가 피땀 흘려 일으켜 세웠지. 아주 부자로 살게 해주진 않았는지 모르지만 먹고는 살게 해줬잖아. 그거 다 우리가 살아남았기에 가능한 일 아니겠소."

윤금도 씨의 이야기를 듣는 동안 지금은 세상을 떠난 내 부모가 습관처럼 쏟아낸 이야기가 생각났다. 전쟁 때 지게를 지고 떡 장사를 해서 너희들을 먹여야 했다. 그 고생을 해서 남부럽지 않게 너희들을 가르쳤는데 고작 대가가 이거냐? 그 말은 들은 우리 남매는 무거운 채무감을 느꼈지만 반발심도 적지 않았었다. 요즘의 젊은이라면 우리가 차마 대꾸할 수 없었던 말로 대뜸 받아칠 것이다. 그러면 내가 투자대상이란 말인가요? 고슴도치처럼 찔러오는 말에 기습을 당해 당신의 주장을 지르는 데만 익숙한 어르신은 할 말을 잃는다. 옛날 같으면 손찌검이 나왔겠지만 그럴 수 없으니, 감히 나한테 대들어! 버럭 화를 내고 끝내버린다. 일순 입을 다물지만 젊은이들 시선은 여전히 차갑다. 자기 할 말만 하시네. 이해하기 어렵지만 다신 이해하고 싶지도 않아. 언제 어느 자리에서든 노인들과 함께하기를 꺼린다. 노인은 노인대로 당신의 삶이 평가절하된 느낌에 빠진다. 이승만을 욕하는 건 목숨을 걸고 공산주의와 싸운 자신들에 대한 모독이고, 박정희를 욕하는 건 피땀 흘려 이룩한 산업화에 대한 경멸 아닌가. 인생을 통째로 도둑맞은 기분이다. 너희 젊은것들이 뭘 아느냐. 우리는 너희들이 생각하는 것보다 훨씬 힘겨운 시대를 이겨냈는데! 죽이지 않으면 죽어야 했고, 죽지 않으려면 죽여야 했던 이분법의 시대였다. 모든 것을 선과 악의 구도로 보았다. 미국은 우방이고 중국은 적국이다.

"성조기를 왜 들고 다니냐고 비판하는데, 간단해요. 미국의 은혜를 입었기 때문이야. 미국이 아니었다면 우린 벌써 빨갱이 나라가 돼버렸을 거야. 여러분들 누리는 자유는 미국 덕분이란 사실을 알아야 해."

개전 한 달이 지나면서 국군은 낙동강까지 밀렸다. 그나마 미군이 아니면 유지하기 어려운 전선이었다. 보전협동(步戰協同)의 인민군 기계화부대는 안강에 이르러 급격히 위세가 떨어졌다. 미군은 인민군의 탱크에 대항하려 각종 무기를 본토에서 가져왔다. 인민군은 무엇보다 미군의 공군력을 무서워했다. 공중에서 내리붓는 폭탄과 기관총 세례에 지상에서의 모든 노력이 수포로 돌아가기 일쑤였다. 저격능선 전투에도 미군기가 등장했다. 쌕쌕이라 부른 전투기가 네이팜탄을 무더기로 투하했다. 월남전에서 자주 사용한 폭탄이었다. 능선의 잡목과 중공군 시체가 고무 타는 냄새를 풍겼다. 폭연이 가라앉으면 쌕쌕이가 저공비행하며 능선과 계곡에 기총소사로 비질을 해댔다. 그 모습을 보면 미군이 세계 최강의 군대라는 주장을 수긍할 수밖에 없었다. 미군은 히틀러의 독일을 이긴 군대다. 중국을 이긴 일본과 싸워서도 압도적으로 이겼다. 미군이 히로시마와 나가사키에 투하한 원자폭탄을 봐라. 그 악독한 일본군도 하루아침에 항복하지 않았느냐. 미군이 마음만 먹으면 인민군이나 중공군 같은 건 식은 죽 먹기다.

미국이 대한민국을 구원한 나라라는 윤금도 씨의 믿음은 확고했다. 미군의 한국 주둔과 사드(THAAD) 배치를 반대하는 사람들을 이해하기 어려웠다. 사드 시스템의 일부가 성주에 도착하자 주한미군 철수를 주장한 좌파와 성주 사람들이 각자 다른 이유로 동시에 시위를 벌였다. 중국은 롯데마트 중국 내 지점에 영업정지 처분을 내리고 한국을 여행금지국가로 지정했다. 사드가 전격적으로 배치돼 발사대를 시험 가동한 것은 박근혜가 탄핵당하고 황교안이 대통령권한대행을 맡은 시기였다. 윤금도 씨는 그나마 황교안 장로가 그 자리에 있었기 때문에 좌파들의 반대를 무릅쓰고 성사된 것으로 믿는다. 황교안 장로에게 감사하는 마음으로 새벽 기도에 나간다고 내게 고백했다.

"대통령 될 사람 황교안밖에 없소! 믿음 신실하지, 애국심 투철하지. 더 이상 뭘 바래."

선택의 여지란 없다. 윤금도 씨의 이분법은 늘 선택을 요구한다. 미국을 지지하느냐 아니냐, 둘 중 하나이다. 지지하지 않으면 즉시 빨갱이 호칭을 붙인다. 중간은 없다. 중도파라고 자신을 소개하는 사람도 가차 없이 빨갱이로 몰아붙인다.

"당신은 좀 수상한 사람이야. 당신은 어느 쪽이지?"

2010년, 나뭇잎 묘지를 다 읽은 이등상사 출신 윤금도 씨가 내게 다가와 귓속말처럼 전한 말이었다. 그 말이 빨갱이로 의심한다는 뜻임을 나는 잘 알고 있다.

┃ 이순례 씨는 천국으로 가는
  개신교 순례자다

"참호에서는 무신론자가 없소. 포탄이 비 오듯 쏟아지면 누구나 하나님을 부르고, 하나님과 동급인 어머니를 부르지."

전광훈 목사를 추종하는 사람들을 구경하다가 10년 전 윤금도 씨가 내게 전한 말이 기억났다. 어떤 병사는 폭탄이 쏟아져 내리는 참호 속에서 성경책을 꺼내 읽으며 최후를 맞았고, 어떤 병사는 한번도 성경책을 읽지 않았는데 어느 날 공수가 터지듯 주기도문을 읊조리더니 그 이후 독실한 개신교인으로 거듭나더라.

윤금도 씨는 구원을 이야기한 것이었다. 윤금도 씨가 독실한 기독교인이기도 해서, 구원의 의미가 기독교와 불가분 관계임을 쉽사리 짐작할 수 있었다.

"이스라엘기는 왜 또 들고 다니냐고 비판하는데, 간단해요. 우리를 구원해준 예수님께서 태어난 나라잖아."

태극기부대에 성조기와 이스라엘기가 따라다니는 이유를 윤금도 씨만큼 명쾌하게 정의하는 사람을 지금까지 나는 보지 못했다. 그런데 최근 어느 목격자에 의하면 일장기도 보았다는데 그건 무슨 까닭일까?

2019년 여름, 전광훈 지지자들이 광화문에 등장하면서 시위는 한층 열광적인 모습을 띠었다. 찌는 더위에도 아랑곳없이 주말마다 광화문은 찬송가로 넘쳤다. 10월 이후에는 청와대로 들어서는 아스팔트 길을 점거하여 하루도 빠짐없이 기도를 올렸다. 겨울이 기습하듯 닥쳐왔지만 텐트와 침낭으로 버티며 문재인 탄핵을 외쳤다. 청와대 앞을 그들은 '광야교회'라 이름 붙였다. 밤에 가봤더니 청와대로 뻗은 북악산 능선이 훤히 보이는 자리였다. 마침 달이 밝아 북악산 능선이 가위로 오린 듯 또렷했는데, 달빛을 영접하듯 북악산을 향해 두 팔을 벌리고 선 신도들에게서 나는 구원이 빚어내는 환상적 모습을 보았다. 신도들의 기도가 빨라지기 시작했고, 이미 어떤 이의 입에서는 그 속도를 감당할 수 없어 공수가 쏟아져나오고 있었다. 불교에서는 철야정진이나 관세음보살 정근을 할 때 비슷한 광경을 볼 수 있다. 그러나 불교도인 내가 보기에도 종교적 신비체험을 최고조로, 그것도 다수에게 일사불란하게 이끌어내는 능력에서 기독교를 앞서긴 어려울 성싶었다.

전광훈 지지자들을 따라다니다 만난 이순례 씨도 그 엑스터시(Ecstasy)의 순간을 숨기지 않았다.

"새벽에 기도하는데 하나님께서 저 북악산을 성큼 넘어서 다가오시더니 말씀하시는 거예요. 따라야 보인다. 나는 그 뜻이 무엇인지 알지 못해 더욱 미친 듯 기도할 수밖에 없었고요, 그제야 하나님께서 보내주신 전광훈 목사님을 따라야 이 나라가 천국으로 인도된다는 걸 깨달았어요."

지난 미국 대선 때 '트럼프 예언'이라는 영화가 나왔다는 이야기를 들었다. 트럼프가 대통령에 당선되리라고 예고하는 신의 계시를 받은 전직 소방관 얘기를 다룬 영화란다. 트럼프가 백인 복음주의 그룹이라고도 부르는 보수 기독교 세력의 눈치를 보면서 정책을 결정한다고 미국 언론이 지적한 적도 있다. 지난해 중간선거에서 백인 블루칼라 지지층이 일부 사라졌지만, 보수 기독교 세력 70% 이상이 트럼프를 지지했다. 그러고 보니 청와대 앞에서 단식한 황교안이 광야교회 전광훈을 찾아간 까닭이 트럼프의 행적과 무관하지 않아 보인다.

"주로 어떤 기도를 드리세요? 무엇이 되게 해달라든지 그런 건가요?"

내가 묻는 말에 이순례 씨는 고개를 저었다.

"나 하나 잘되게 해달라는 기도는 아니에요. 문재인 사탄을 하나님의 권능으로 저 청와대에서 쫓아달라고 기도하죠. 박근혜 대통령이 그 자리에 다시 들어가셔야 하고요. 동성애자들도 이 나라에서 쫓아내야 해요. 문재인 사탄이 성소수자 차별금지법을 만들려고 하잖아요. 그걸 막으려면 하나님께 기도하는 수밖에 없어요. 지금보다 더 간절히⋯⋯."

청와대 앞에 모인 신도들은 때로는 저주를 퍼붓고, 때로는 노래하고, 때로는 흐느껴 울었다. 원한을 품은 자의 초상화에 화살을 쏘거나 그를 본뜬 인형을 바늘로 찔러야 한다고 믿는 것 같았고, 마침내 그가 죽거나 굴복하는 모습을 머릿속으로 그리며 감격의 눈물을 흘리는 것 같았다.

이순례 씨는 의정부에서 왔다. 전광훈이 이끄는 교회 신도는 아니지만, 주사파들에 의해 나라가 소돔과 고모라로 변하는 것을 수수방관할 수 없어 광화문 시위에 참여했다고 한다. 오십 대 말, 붉은 스웨터에 방한 점퍼를 껴입고 있었다. 추위 탓인지 뺨이 붉고 입술이 푸르스름했다.

얘기를 들어보니 그녀의 신앙심은 보통 이상이었다. 어렸을 때 소아마비를 앓았다. 대퇴부를 늘이고 발목을 교정하는 수술을 받았지만 지금도 약간 다리를 전다. 소아마비 때문에 트라우마가 생겨 남자와의 교제를 꺼렸다. 대신 무섭도록 교회를 다녔다. 주말이면 교회에서 살다시피 했으며, 휴가 때마다 기도원을 찾았으며, 기도빨이 좋다는 명산에 텐트를 치고 며칠씩 묵었다. 하나님이 점지해주셨는지 지금의 남편을 관악산에서 만났다.

"이곳 광야교회는 기도빨이 좋아요. 북악산 너머로 수도 없이 하늘이 열리거든요."

그녀의 목소리는 환희에 차올랐다.

트럼프는 독일계 미국인이다. 그러나 유대계 복음주의자들은 트럼프를 이사야서에 나오는 고레스 왕에 비유한다. 하나님의 뜻에 따르지 않던 고레스가 이스라엘인들을 위해 예루살렘 성전을 지었듯이 바람둥이 부동산업자인 트럼프가 미국을 하나님의 나라로 인도하리라 기대해서 그의 선거운동을 도왔다. 트럼프가 실수하든 막말하든 무조건 지지했고, 트럼프는 그에 화답하듯 외국인들을 통제하는 국경장벽을 높이기 시작했다.

그렇다면 전광훈의 자신감에는 어떤 배경이 있는지 궁금하다. 잘 알려지다시피 그는 아담과 이브가 선악과를 따먹은 후로 노출을 금기해온 부분, 수치심을 가린 마지막 한 장을 '빤스'라는 된발음으로 언급했다. 우리 교회 집사들은 나를 얼마나 좋아하는지 내가 빤스 벗으라면 다 벗어! 아무리 앞뒤잘라 언론이 속옷만을 강조했더라도 전광훈이 아니면 감히 꺼낼 수 없는 말이다. 전광훈이라면 신성모독까지도 용서받을 수 있다. 하나님 까불면 나한테 죽어! 인류학자 프레이저 (J.G.Frazer)는 대표적 저서 '황금가지'에서 종교란 인간보다 우월하다고 믿는 힘에 대한 회유나 비위 맞추기라 정의했는데, 전광훈에게는 협박이 하나 더 추가된 셈이다. 하나님의 판단을 자유자재로 유도할 수 있는 권능도 있다. 주님의 명령이다,

문재인 빨갱이를 타도하자! 하늘에서의 영광을 땅에서 매우 구체적으로 실현할 줄도 안다. 윤석열 검찰총장은 문재인을 내란외환죄로 현장에서 체포하기 바란다.

광화문에서만큼은 전광훈의 입이 대한민국 보수 개신교를 대표하는 것처럼 보인다. 전광훈이 무슨 말을 하든 아멘! 할렐루야! 즉각적인 감읍의 반응을 보이는 것은 박근혜 탄핵의 악몽에 시달려온, 친미와 반공을 신앙으로 여겨온 개신교 극우 세력의 갈망을 담았기 때문이다. 윤금도 씨와 마찬가지로 그들도 예외 없이 양극단에 선다. 그들의 구원에는 선택의 여지가 없다. 주 예수를 믿으라. 그리하면 너와 네 집이 구원을 받으리라. 진리는 믿음에서 나온다. 예수천국·불신지옥이야말로 불변하는 믿음이다. 공산주의와 성경은 공존할 수 없다고 전광훈도 외친다.

"세계 어느 대통령이 새벽에 국민동의도 없이, 언론에 한마디도 알리지도 않고 혼자서 휴전선을 넘어 김정은한테 가겠어요."

이순례 씨는 어이없다는 표정을 지었다. 그 표정이 내게는 대한민국 사람 모두가 진지한 거짓말을 하는 것처럼 보였다. 어떤 이야기도 선과 악의 구도에서 벗어나기 어려우므로 내 믿음만을 사실로 여긴다. 내가 두 눈으로 사실을 보았더라도 믿음이 아니면 사실이 아닌 것으로 단정한다.

종교 편향이 인류 역사상 가장 기나긴 전쟁을 불러오지 않았던가. 역사는 1096년부터 1272년까지 200여 년 동안 이어진 십자군 전쟁을 가장 잔인했던 전쟁으로 기록하고 있다. 1099년 예루살렘을 점령한 십자군은 길거리에서 피가 발목에 차오를 때까지 남녀노소를 불문하고 대량학살을 자행했다. 그때에도 신의 이름으로 전쟁을 부추킨 자가 있었으니 로마 교황 우르바누스 2세였다. 신이 그것을 원한다! 여덟 번에 걸쳐 이슬람에 군대를 파병한 기나긴 싸움에 어린이까지 동원했지만, 신이 원하는 것을 잘 못 이해했는지 이슬람 군대에 무릎을 꿇었다. 계몽 철학자 볼테르는 중세의 기독교를 타락한 미신과 동일시하며, 십자군을 광신과 탐욕과 정욕을 따라 이동하는 야만인에 불과하다고 비난했다.

나는 '나뭇잎 묘지'에도 인용한 신약성경 마태복음 7장 15절에서 20절을 기억하고 있다.

거짓 선지자들을 주의하라. 양의 옷을 입고 너희에게 다가오지만 속으로는 험악한 늑대니라. 그의 열매로 그들을 알지니 가시나무에서 포도를, 엉겅퀴에서 무화과를 따겠느냐. 그러므로 그의 열매로 그들을 알리라.

 거짓 선지자와 그를 추종하는 사람이 적지 않다. 기독교만의 문제가 아니라 불교를 포함한 한국 종교의 문제인데, 기독교가 먼저 두각을 나타낸 지 오래다. 성경보다는 목사의 말이 훨씬 중요하고, 목사 마음대로 교리를 바꾸어도 침묵하는 것을 미덕으로 생각해야 한다. 내가 빤스 벗으라면 다 벗어! 목사 섬기기를 예수처럼 여겨야 한다. 장님이 장님을 인도한다는 말로도 목사와 그를 추종하는 신도를 비유할 수 있다. 하나님. 까불면 나한테 죽어! 주님의 명령이다. 문재인 빨갱이를 타도하라! 광화문에 몰린 수많은 사람에 도취한 전광훈은 어떤 땐 트럼프의 막말을 흉내 내고, 어떤 때는 로마 교황 우르바누스 2세처럼 신의 대리자임을 자처한다. 십자군의 종말이 먹구름처럼 광화문 하늘에 드리우는 것을 나는 본다. 뿌린 대로 거두리라.

| 세금이 아까운 강남 거주자

김진희 씨

김진희 씨를 본 것은 단 한 차례, 황교안이 청와대 앞에서 단식할 때였다. 왠지 낯익어 보이는 얼굴인, 넓은 선글라스로 얼굴의 반은 가린 그녀에게 내 눈길이 멎었다. 유심히 살폈지만 처음 보는 얼굴이었다. 잠시 후에야 나는 그녀가 낯익어 보인 까닭을 알았다. 푸른대문집 앞에 외제차를 주차해 놓고 초조하게 담배를 피우던 여자가 그녀와 겹쳐 떠올랐던 것이다. 그러나 그녀는 담배를 피우지도, 미니어처 푸들을 안고 있지도 않았다. 그녀가 입은 기름진 갈색 모피 코트 때문에 착각했던가.

처음 봤을 때 그녀는 황교안의 단식 텐트를 에워싼 폴리스라인 바깥에서 기도하는 자세로 서 있었다. 황교안 텐트에 정치인들과 기자들이 떠들썩하게 오갔고, 텐트 입구에는 동조 단식 중이라는 한 청년이 마스크를 쓴 채 주저앉아 있었다. 아줌마들이 청년에게 다가가 격려의 말을 건넸다. 그 순간 등 뒤에서 누가 빽 소리를 질렀다.

"노란 색깔만 보면 현기증이 난다니까! 치가 떨린다니까!"

뒤돌아보니 갈색 모피의 여자가 노란색 조끼와 피켓을 든 사람들을 향해 소리쳤다. 세월호 진상규명을 촉구하는 사람들이었다.

"소풍 가다가 물에 빠졌는데 어쩌라구 몇 년씩이나 울거먹어?"

악에 받친 목소리였다. 여행사 안내로 청와대를 구경하러 온 중국인 여행자들이 길을 걷다가 흠칫 놀랐다. 세월호 쪽에서도 가만있지 않고 뭐라 대꾸했으나 잘 들리지 않았다. 모피의 여자는 그 정도에도 길길이 뛰었다.

"닥쳐. 보상금을 10억씩이나 받아먹었잖아. 난 전기세 낼 돈도 없어. 그게 다 문재인이가 원전 폐기하고 전기세 올린 탓이지."

그 자리에 있던 구경꾼 다수가 소리 내어 웃었고, 경찰과 청와대 경비원도 킥킥거렸다. 물론 중국인들은 영문을 모르겠다는 표정을 지었다. 그녀 곁으로 슬며시 다가갔다. 수고한다고 넌지시 건네자 지원군이라고 생각했는지 그녀가 말폭탄을 쏟아냈다.

"배고프면 나가서 돈을 벌어야지, 왜 남이 번 돈을 달라고 하냐고요. 왜 일본한테 앵벌이를 하냐고요. 누가 아베 수상님한테 국민의 한 사람으로서 사죄 드린다고 했다는데 내 말이 그 말이야. 일본한테 앵벌이 좀 그만했으면 좋겠어. 정권 바뀌었다고 국제간 협정 파기하는 게 무슨 경우냐고요."

어디서 왔느냐고 묻는 말에 그녀는 들은 체도 하지 않았다. 보통 때 같으면 외면했을 물음에도 태극기부대에 합류한 사람들 대부분 순순히 응했던 것과는 다른 방어자세를 취했다. 시위 현장에 왔으니 자신들 편이라고 생각하거나 한 사람이라도 더 애국시민 운동에 끌어들여야 한다는 사명감을 그녀에게선 찾을 수 없었다.

그러나 그녀 역시 자신의 주장을 들어줄 사람이 필요했다.

"위안부면 창피한 줄 알아야지. 나이 먹어가꼬 무슨 돈을 달라고 해. 본인들이 계약서 쓰고 그 노릇 했으면서. 어디서 왔으면 어쩌게요? 서초동에서 왔어요."

그녀는 말미에 마지못해서 사는 동네를 밝혔다. 짐작한 대로였다. 모피의 여자에게서는 어쩐지 내가 알았던 강남 거주자 취향이 풍겨왔다. 모피의 여자를 이제부터 김진희라 부르겠다. 사실, 내가 이 글을 쓰면서 붙인 정칠성, 박공팔, 윤금도, 이순례 씨들은 한날한시에 내가 붙인 가공의 이름들임을 고백한다. 그렇다면 이제껏 읽은 글이 소설이었나? 갑자기 뜬

금없어지는 독자가 있을지도 모르겠다. 단연코 그렇지는 않다. 이름만 가명일 뿐 태극기가 펄럭이는 광화문 현장에서 내가 만난 사람들의, 거울처럼 생생한 모습을 담으려 나름 노력했다. 그분들 인권을 고려했다. 다만, 대한민국에서 공인으로 알려진 정치인 몇은 익명이 별 의미 없을 듯했다.

거울아, 거울아 부르지 않아도 우리가 사는 세상에는 분명히 김진희 같은 사람이 존재한다. 어쩌면 작년 가을 원서동에서 고독사한 푸른대문집 노인의 딸이나 며느리일지도 모른다. 어느 날 자식이라고 주장하며 원서동 산동네에 나타난 여자, 담배를 초조하게 빨아대며 500만 원을 호가하는 일본산 미니어처 푸들을 괴롭혔던 그녀 말이다. 그러나 내가 아는 김진희 씨는 대치동에서 유치원을 운영하는 원장 선생님이었다.

명상 강좌를 개설했다고 해서 강남에 있는 절에 다녔을 때다. 강사는 그 절 주지 스님으로 불교의 참선과 뇌과학과의 관계를 규명해서 현대인에게 해탈의 대자유를 제시한다는 주제로 매주 강좌를 이어가고 있었다. 종교적 담론에 그치지 않고 과학적 검증을 거친 지표를 통해 뇌세포의 활성화를 꾀한다면서 수강자에서 뇌파측정 시연을 보이기도 하는 신선한 프로그램이었다. 그러나 전반적으로 학구적으로 흐르는 분위기여서 지루한 구석도 없지 않았다.

강의는 온돌방에서 앉은 자세로 진행됐다. 다기가 놓인 찻상 앞에 주지가 앉았고, 그 곁에서 한복을 곱게 차려입은 여자가 시중을 들었다. 주지가 한옥으로 지은 강의실에 입장할 때마다 조용히 뒤따르던 여자다. 주지가 섬돌 위에서 신발을 벗으면 여자가 재빨리 허리를 굽혀 가지런히 정돈해 놓았다. 강의가 끝나면 주지에게 다가가 가사를 입히는 것도 그녀의 몫이었다. 워낙 지극정성이라 수강생 모두가 여자를 주목하지 않을 수 없었는데, 누구의 입에선지 유치원 원장이라는 그녀의 신분이 드러났다. 그녀는 그 절의 신도회 임원이라고도 했다. 마침 어떤 사립유치원 원장이 정부와 학부모로부터 받은 돈으로 자신의 월급 4억 원을 챙기고도 모자라 유치원 법인카드로 루이뷔통 가방과 성인용품을 샀다는 사실이 발각 났을 때라서 그녀를 더더욱 눈여겨보지 않을 수 없었다. 조사에 들어간 유치원 대부분이 크고 작은 비리에 연루돼 나라를 충격에 빠뜨렸기 때문이다. 교육청이 뒤늦게 감사에 나서고 더불어민주당 박용진 의원까지 공개에 앞장서자 원장들은 좌파 빨갱이들이 노이즈 마케팅 수법으로 사립유치원을 궁지에 몬다고 집단 반발했다. 그때나 지금이나 대한민국만큼 빨갱이 활용법이 다양한 나라도 없다.

아무리 보아도 주지 곁에서 다소곳이 보이차를 끓이는 그녀와 비리 유치원 원장이 일치되지 않았다. 어느 날 굵은 소낙비가 내리치듯 신도회장이라는 여자가 들이닥치기 전까지는. 김진희 보살, 나 좀 보자구. 휴식 시간에 신도회장이 와서 유치원 원장을 불러냈다. 내가 주지 스님한테 어쨌다구 없는 말을 퍼트리고 다녀, 유치원 원장 주제에. 그 말에 김진희 씨의 눈꼬리가 올라갔다. 뭐야, 신도회장 되더니 보이는 게 없니, 칼쓰는 남편 덕에 아너힐즈에 살면서! 마당에서 두 여자의 벼린 목소리가 부닥쳐 강의실까지 들려왔다. 그런 일이 처음이 아니라는 듯 주지가 슬그머니 자리를 피했다. 어쩐지 우리 절 악착보살로 소문이 났더라. 누가 할 소리, 악착보살은 바로 너야. 연락을 받았는지 종무원이 와서 두 여자를 어디론가 데려가서야 마당이 잠잠해졌다.

두 여자가 서로를 비난하며 꺼낸 악착보살에 대해 나는 알고 있다. 청도 운문사 법당 외벽을 보면 악착보살이 반야용선(般若龍船)을 타려고 발버둥 치는 그림이 있다. 차안(此岸)이라는 현생에서 선업을 닦은 사람만을 태우고 극락으로 건너간다는 반야용선은 도피안(到彼岸)의 배이다. 불교 설화인 반야용 선은 기독교에서 부자가 천당에 가기란 낙타가 바늘구멍 들어 가기보다 어렵다는 이야기에 버금간다. 악착보살에겐 그럴 자격이 없다. 평생 물질에 집착하여 오로지 자기만을 위해 살아왔기 때문이다. 그러나 악착보살이 밧줄에 매달려 어떻게든 반야용선에 오르려는 모습에서 생의 마지막 순간까지 놓지 않으려는 세속 인간의 지칠 줄 모르는 욕망을 본다.

칼 쓰는 남편, 외과 의사인 남편 덕에 아너힐즈에 살면서! 강남의 아파트가 문제다. 호텔 같은 아파트, 리조트 같은 아파트, 미술관 같은 아파트에 살려면 기를 쓰고 악착을 떨어야 한다. 부모 잘 만났으면 모를까, 피안의 유토피아에 도달하는 과정은 예나 지금이나 힘들고 지난하다. 남들보다 일찍 출근하고, 남들보다 사무실에 남아 있는 시간이 훨씬 길어도 될까 말까이다. 경쟁에서 이겨야 한다는 강박에 사로잡혀 여전히 1960년대 산업화 시대의 채근에 시달린다. 빨리, 더 빨리…… 목적지에 남보다 일찍 도달하자니 과잉속도를 낼 수밖에 없다. 교통질서를 지켜봤자 남에게 뒤처질 뿐이란 생각에 때때로 반칙왕도 서슴지 않는다. 청문회에서 수없이 나쁘다고 지적하는 부동산투기, 자녀 위장전입, 논문표절…… 급기야 표창장까지 달리기 시합에 뛰어들었다. 직장에서의 경쟁심은 비영리를 전제하는 종교단체, 혹은 취미나 친목을 위한 사교 단체로 확장된다. 종교, 특히 내세에 대한 절대적 믿음을 강조하는 대목에 이르러선 곤혹스러움을 느낀다. 모두가 희망하는 부자가 되려고 온몸을 던져 분투하는데 천국도 극락도 보장할 수 없다니. 교회와 절은 바로 이때를 기다려 헌금과 보시금이라는 밧줄을 선심 쓰듯 내려준다.

그 악착을 떨어봤자 아주 소수만 원하는 아파트 입성하고, 입성하자마자 수성하기 위해 다시 악착을 떨어야 한다. 아파트 매매가를 최대한 높이려 거주자들끼리 매매가나 전세가를 담합하는 한편, 외부에 정보가 새어 나가지 않도록 아파트 담을 높이고 CCTV를 곳곳에 설치한다. 그 덕분에 섞이기를 꺼린 이웃 임대아파트 거주자를 막는 효과를 덤으로 얻어낸다. 고층 아파트 거실에 누워 베란다 창문을 바라보니 세상이 드넓다. 하늘이 푸르러 극락으로 향하는 바닷길도 푸르리라고 상상할 무렵, 난데없이 먹구름을 몰려와 세월호가 바다에 빠지더니 적폐청산을 외치는 자들이 촛불을 들고 등장했다.

문재인이 당선됐을 때 김진희 씨는 하늘이 노랬다. 피땀 흘려 이룬 성취를 적폐라고 주장하는 사람에게 빼앗기는 것이 아닌지 걱정해야 했다. 아닌 게 아니라 세금 폭탄이 쏟아지기 시작했다. 비싼 아파트를 보유했다는 이유로 정권이 바뀌기 전보다 세배나 높은 종합부동산세를 납부하란다. 그런데도 부동산 가격은 잡히지 않고 외려 최대 상승폭으로 뛰었다. 종부세 부담을 앞질러 아파트 가격이 오르니 소비를 줄일지언정 세금 때문에 아파트를 내놓는 사람이 별로 없었다. 집값은 올랐지만 강남 거주자 김진희 씨는 삶의 질이 왠지 저하된 느낌이었다. 최저임금제 실시에 따라 직원 봉급을 올려줘야 했으며, 아파트 경비에게 지급하는 시급을 비롯하여 전기세, 수도세, 가스비도 일제히 올라 관리비 부담도 적지 않았다. 정부에서 부동산 시장 안정화 정책을 줄줄이 추진하니 비싼 집에 살면서도 앞날이 불안하다. 유일하게 구독하는 조선일보는 문재인이 세금을 거둬 무노동층에게 퍼준다고 보도한다. 그러고도 모자라 1,000억 원에 가까운 예비비를 끌어다 썼단다. 세금을 펑펑 쓰더니 국가비상금인 예비비까지 손을 댄다는 기사였다. 블룸버그 통신은 문재인의 사회주의 실험이 경제 추락의 요인이라고 지적했다.

광화문 태극기부대 소식을 처음 들었을 때 김진희 씨는 얼마나 가겠냐며 회의적이었다. 2년째 이어지자 그들의 주장이

공적인 열망으로 번져가는 것을 실감했다. 김진희 씨 자신의 갈망도 정당함을 그들을 통해 인정받은 기분이었다. 김진희 씨는 뒤늦게야 그들이 한배를 탄 사람임을 깨달아 광화문에 합류하기로 했다. 유튜브에서 자신을 태극기 의병대라고 밝힌 쉰 살 중반의 여자가 비장하게 쏟아내는 말이 남의 말 같이 들리지 않았다. 애국은 집에서 하는 것이 아니다. 깁스한 다리를 휠체어에 얹어서라도 광화문으로 가서 '문재인 탄핵'을 외치자. 포르쉐를 몰고 나올 수는 없어 강남에서 강북으로 가는 노선버스를 탔는데, 버스비까지 오른 사실을 알고 김진희 씨는 다시 분통이 터졌다.

"마트에 가봐요. 오르지 않은 게 없다고요. 좌파라면 진저리가 나선지 그것들이 몽땅 좌파로 보이지 뭐야. 좌파 라면, 좌파 화장지, 좌파 꽁치, 좌파 삼겹살…… 버스 기사까지 좌파로 보이더라고요."

김진희 씨 얘기를 들으니, '당신이 사는 곳이 당신이 누구인지 말해 줍니다'라는 롯데 캐슬의 광고 문구가 기억났다. 시장 원리에 따라 성과와 배분이 이루어져야 한다고 믿는 보수 자유주의자라고 특정하기엔 지나치게 우아하지 않은가. 세월호가 바다에 빠져 조카 같은 아이들이 300여 명이나 사망했지만, 솔직히 김진희 씨에겐 애도하는 마음이 오래 머물지는 않더란다. 결국 보상금으로 해결할 수밖에 없는 불행한 사건 중의 하나지 뭐. 보상금을 받고도 진상규명을 외치는 사람들을 김진희 씨는 이해할 수 없었다. 그건 세금처럼 자나 깨나 더 받아내려는 수작이지 뭐.

김진희 씨는 시종일관 끓어오르는 울분을 주체하지 못했다.

"유튜브에서 그러는데 앞으론 개한테도 세금을 물린다네요. 자식도 없어 반려동물을 자식처럼 키우는데, 자식한테도 보유세를 물린다고요? 문재인이가 세금에 미치지 않고서야 말이나 되냐고요."

사실이 아님에도 일부러 비합리적인 주장을 끊임없이 내세우는 것은 태극기부대의 전략이다. 다들 그러던데 뭐. 표현의 자유가 거짓말보다 훨씬 광범위하다는 사실을 알아채고는 주저 없이 남의 말을 따라 한다.

김진희 씨가 반려견을 키운다는 소리에 귀가 솔깃해지지 않을 수 없었다. 처음 그녀를 봤을 때의 느낌에 무언의 예시가 있었다는 뜻은 아닐까.

| 빗줄기 바깥으로 사라지다

창문이 흐렸다. 먹구름이 원서동 산동네에 와서 떠날 줄 몰랐다. 일기예보는 비가 온다고도 했고 눈이 올지도 모른다고도 했다. 가는 비가 전봇대 아래에 빗금을 치더니 눈발이 희끗희끗 비친다. 집을 나서면서 우산을 펴야 했다. 진눈깨비를 밟아 광화문에 갔더니 먹구름을 머리에 이고 군복과 등산복 차림의 군중들이 오가고 있었다. 광화문에 드리운 음산한 그림자 때문인지 배낭을 메고 다니는 노인들이 등짐을 지고 일터로 가는 조선시대 한양 백성들처럼 보였다. 아직도 이 사회는 그들이 필요해서 그들의 얼굴은 수백 년이 지나도 식을 줄 모르는 열기로 넘쳤다. 조선시대와 다르다면, 그들의 손에 빠짐없이 핸드폰이 쥐어졌다는 사실이다. 개인적인 이유로 전화가 걸려오지는 않지만, 유튜브는 끊임없이 사회적 소식을 전송한다. 공수처는 문재인 정권의 사조직이다. 문재인 빨갱이가 북한과의 연방제 통일을 꾀하여 이번 총선에서 4+1 체제로 200석 이상을 확보해 헌법개정을 기도한다……. 아무도 죽지 않고 무엇도 소멸하지 않을 것처럼 생생함으로 넘치는 소식들이다. 그래선지 그들 유튜버들 사이를 뚫고 푸른대문집 노인이 지팡이를 짚고 걸어온다 해도 전혀 낯설거나 놀랍지 않을 것이었다.

"하나님이시여, 대한민국을 구해주소서! 트럼프 대통령이시여, 청와대를 점령한 악인을 처단하소서!"

누군가 연단 위에서 갈구하는데 먹구름을 뚫고 들려오는 선지자의 목소리를 닮았다. 과연 그 며칠 후 이란 혁명수비대장 가셈 솔레이마니가 드론 공격으로 사망함으로써 트럼프의 권능을 보여주었다. 태극기부대 사람들은 연단을 향해 일제히 만세를 외쳤다. 지금 생각하면 트럼프에게 미리 축하 인사를 전한 셈이었다. 진눈깨비가 그치지 않았지만 행사를 진행하는 사람들은 우산을 쓸 수 없어 눈을 가늘게 뜨고 서서 축축이 젖어가고 있었다.

푸른대문집 노인을 마지막으로 보았을 때 원서동 언덕에서 갑자기 비바람이 휘몰아쳐 내려왔다. 마침 나는 언덕을 내려오다가 우산이 뒤집히는 봉변을 당했다. 그때 언덕길 아래로 노인의 웅크린 몸이 보였다. 온몸이 비에 흠씬 젖어 번들거렸다. 바람에 벗겨졌는지 챙 넓은 모자도 마스크도 보이지 않았다. 노인은 배낭의 무게에 짓눌린 것처럼 웅크리고만 있었는데, 그 위에 사정없이 빗줄기가 쏟아졌다. 나는 노인에게 다가

가려 했지만, 비바람이 워낙 거세 발을 떼놓기조차 어려웠다. 언덕길에는 나와 노인 두 사람밖에 없었지만 누가 창문을 통해 바라본다면 계곡에 고립된 사람을 구하러 가는 구조자의 모습일 것이었다. 가까스로 노인에게 다가가 배낭에 손을 얹었다. 노인은 고개를 숙이고만 있었다. 곁눈으로 나를 살피는 기색도 아니었다. 빗줄기와 눈물로 범벅인, 백반증이 퍼져있는 얼굴을 보이지 않으려 안간힘을 쓰는 것인지도 몰랐다.

"배낭을 벗어 제게 주시겠어요?"

의향을 묻는 말과 달리 그에게서 배낭을 벗기려고 애쓰는 내 손이 스스로도 짓궂어 보였다. 그때였다. 그가 내 손을 뿌리치며 단호하게 말했다.

"나를 찾지 마!"

나는 분명히 그렇게 들었다. 그러나 그가 '나를 찾지 마'라고 표현한 말의 어폐를 곧 깨달았다. 정상적이라면 '나를 내버려 둬'라고 해야 옳지 않은가. 내가 잘 못 들었을지도 모른다. 아니, 실은 그가 한 차례 입술을 씰룩거렸을 뿐 아무런 말도 하지 않았을 수도 있다.

노인은 어쨌든 그 순간 벌떡 자리에서 일어났다. 그러더니 지팡이를 짚지도 않고 믿을 수 없는 속도로 발을 놀려 앞으로 걸어 나갔다. 그가 언덕에 올라서 푸른대문을 열고 안으로 들어갔는지 나는 보지 못했다. 다만 커튼을 치듯 내리는 빗줄기 바깥으로 훌쩍 사라져버린 느낌이었다.

| 한교훈 씨, 그 오래도록
　불편한 기억

　정치가 스마트폰을 들고 광적으로 즐기는 스포츠가 돼버렸다. 광화문에서 아무리 애국시민을 자처해도 내 편만을 응원하려 상대편을 비난하는 사람들과 뭐가 다른가. 비난 수위가 점점 높아진다 싶으면 어느새 차별과 혐오 표현으로 이어졌다. 결론은 빨갱이였다. 이승만 정권 때부터 써먹은 상투적인 종북몰이지만 그 말이 끝나면 누구라도 훌리건으로 돌변해 난동을 피울 것 같았다. 빨갱이란 말에 계급과 지역과 젠더의 문제를 압도하는 궁극적인 분열이 내재한 것은 아닐까. 분열과 아울러 정치 편향성에 기대야만 안도감을 느끼는 사람들도 적지 않다. 분열과 편향성을 봉합하거나 재조정하기 위해서라도 정치인이 불가피하다는 주장은 그럴듯하지만, 그들이 뻔뻔스레 보이는 것은 분열과 편향성의 틈새가 그들의 위치이고 존재 이유이기 때문이다. 분열을 유도하는 가장 질 나쁜 발언이 차별과 혐오이다.

얼마 전에는 어떤 연사가 무대에 올라, "전라도 좌파를 몰아내야 한다"고 고래고래 소리를 질렀다. 그 말을 외치느라 그는 침을 수천 방울은 튀겼을 것이다. 코로나바이러스 확진자를 지극히 경계하는 시기에도 그의 강변은 스피커를 쩌렁쩌렁 울리며 멀리멀리 퍼져갔다. 그날 집에 돌아간 청중들 수백 명이 모름지기 양성 판정을 받았을 것이다. 금기어를 내뱉은 연사는 오래전 정계를 떠난 구 정치인이었다. 박정희 정권이 선거 때면 조장했던 지역감정이 악몽처럼 광화문에서 되살아나고 있었다. 그때는 귓속말로 은밀하게 진행했는데, 지금은 마이크 붙들고 악을 쓰듯 토해낸다. 전라도 좌파를 몰아내야 한다! 박물관에나 가야 구경할 줄 알았던 차별 발언이 '빨갱이는 죽여도 좋아'와 더불어 혐오를 불러오고 있었다. 남산의 부장 김재규가 상관인 박정희를 사살한 죄로 사형당하면서 남긴 유언이 있었다. '국민 여러분, 자유민주주의를 마음껏 누리십

시오. 저는 먼저 갑니다.'

그로부터 정확히 40년이 지난 지금 무엇이 달라졌을까. 우리가 누리는 자유민주주의로는 여전히 차별과 혐오를 벗어나지 못하고 그 자리에서 맴돌고 있으니 말이다. 손흥민에게 눈을 찢는 시늉으로 인종 혐오를 표시한 영국 축구팬이 축구장에서 퇴출당했듯이 차별과 혐오를 야기하는 사람들, 특히 정치인과 그 유사 인물은 대한민국에서 영구 퇴출해야 하지 않을까.

지금이 어떤 세상인데 설마 그랬을 리가? 내 글을 거짓말로 여기는 독자가 있을지도 모르겠다. 그러나 나는 태극기부대를 선무하는 사물놀이패 가운데 한 명이 "내가 전라도 출신이지만 문재인이 싫어서 이 짓하는데 전라도라서 쫓겨나야 하느냐"며 징징 울면서 현장에서 이탈하는 모습을 분명히 보았다. 그 장면에 렌즈를 맞췄다가 태극기부대 사람들에게 카메라를 빼앗겨 삭제당했고, 험한 욕설까지 들었다.

우리나라에서 가장 차별을 바라보기 쉬운 대상은 무엇일까. 주저 없이 '교육'을 꼽으리라고 나는 생각한다. 물론 교육받기 이전에 부모의 재력에 따라 누구는 해외 원정 출산으로 태어나고, 누구는 동네 산부인과에서 태어나면서 세상에 처음 차별을 보고한다. 그렇게 태어나서 자신이 처한 계급적 위치를 자각하며 성장기를 맞는다. 학교는 그 자각이 시작되는 곳이다. 학교에서 차별에 대한 인식은 눈을 뜬다. 겉으로 아무리 평등을 내세워도 현실은 계급 앞에 무력하다는 것을 학생들은 알아챈다. 너네 아버지 뭐하시노? 어느 영화에서처럼 노골적으로 차별을 드러내는 질문에 발가벗겨진다. 사회에 진출하기 전 학교 안에서 충분히 예행연습하는 차별을 나는 한교훈이라는 고등학교 선배에게서 보았다.

그때를 회고하면 먼저 도르래 문이 떠오른다. 바퀴 달린 문이었다. 그 문이 열릴 때 나는 소리를 흔히들 '드르륵'이라고 표현했다.

1974년 어느 날이었다. 한 학생이 위급한 상황을 알리듯 교실로 들어왔다. 학도호국단 선배들이 교실을 차례로 돌며 기합을 내린다는 얘기였다. 우리 가운데 몇은 복도를 지나다 낮은 교실 유리창 너머로 그들을 봤다. 나도 그중 하나였는데 이웃 교실은 차갑게 얼어 있었고, 학생들은 허리를 곧추세운 채 벽돌처럼 딱딱하게 굳어 있었다. 교단을 세 명의 학도호국단원이 점령하고 있었다. 겁이 많은 나는 그 모습을 오래 지켜보

지 못하고 후다닥 내 자리로 돌아와 앉았다. 그리고는 다른
학생들과 더불어 그들 세 명이 오기를 조용히 기다렸다.

드르륵. 원래대로라면 교실 문 열리는 소리만큼 매끄러운
소리도 없었을 것이다. 그 소리가 성문이 열리는 둔중한 소리
거나 어느 폐가에서 나는 녹슨 경첩 소리와 다른 건 학생들이
부지런히 문지방을 쓸고 닦고 초까지 쳐서 광을 냈기 때문이
란 걸 우리 세대는 기억한다. 그 위를 바퀴 달린 문이 지나니
눈 위를 달리는 스케이트보드에 버금가는 소리라야 마땅하
다. 그러나 세 명이 등장하자 그 모든 수식은 순식간에 무용지
물이 되고 말았다.

세 명 가운데 한교훈이라는 2학년 선배가 교단 위에 섰다.
그는 교련복 차림이었나? 검은 교복에 학도호국단임을 표시
하는 완장을 찼나? 그의 차림새에 대한 정확한 기억은 없지
만, 어쨌든 그때 그는 외관으로도 충분히 학도호국단을 대표
하는 학도호국단장임을 알 수 있는 복장이었다. 그를 연대장
이라고도 불렀다. 더구나 그가 호국단 연대장임을 확실히 안
것은 그날 그의 입에서 자기 위상을 알리는 말이 나왔기 때문
이었다.

"나는 학도호국단장 한교훈이다."

우리는 그의 위용에 눌려 죄지은 자처럼 눈을 내리깔아야 했다. 교실이 어항 속에 빠져버렸다. 교실에 놓인 화분조차 이파리가 시들해졌다. 산소마스크도 없이 학생들은 교실에서 숨가쁘게 적막한 시간을 견뎌내야 했다. 나중에 들은 얘기지만 한교훈은 1학년 모든 교실을 돌았다고 한다. 모두 15개 반을 휴식 시간을 이용해서 돌았으니, 그 작업을 완수하느라 이삼일은 걸렸으리라 추측한다.

우리들 머리 위로 한교훈의 근엄한 말들이 지나가고 있었다. 교장 선생님이나 담임선생님이 운동장이나 교실에서 해왔던 기나긴 훈시를 한교훈이 대신하고 있었다. 목소리는 계엄령이나 긴급조치 발령을 알리는 공영방송국 아나운서의 중저음과 비슷했다. 한교훈은 대부분 '너희'라는 이인칭을 써서 훈계를 시작했다.

"너희는 대관절 왜 그 모양이냐. 교복 호크를 안 채우는 놈, 단추를 풀고 다니는 놈, 입지 말라는 흰 티셔츠를 속에 껴입은 놈…… 복장 불량은 물론이고 왜 선배를 보고도 경례를 안 하는 거야?"

그때까지 나는 그저 예의 없는 후배를 다그치는 줄로만 알았다. 그러나 아니었다.

"이 학교가 어떤 학교인지 잘 알지? 너희는 시험도 안 치르고 들어온 놈들이잖아!"

한교훈의 입에서 이 말이 떨어져서야 나는, 내가 생각하는 것보다 훨씬 심각한 상황에 놓여있다는 것을 알았다. 나뿐 아니라 우리 모두가 그 순간 얼어붙을 수밖에 없었다. 한교훈 연대장님이 쏟아놓은 말은 모욕에 가까웠지만, 이상하게도 우리는, 올 것이 왔다는 심정으로 달게 받아들였다. 박정희 정권의 문교부가 이른바 평준화란 이름으로 고등학교 입시를 폐지한 사실은 그다지 중요하지 않았다. 문교부가 밝힌 고등학교 평준화의 명목은 지나친 사교육비였던 것 같다. 그러나 사교육이 판을 치는 대신 공교육의 권위가 유명무실해진 요즘을 보건대 성공한 정책은 아니었음이 분명하다.

뭣 모르는 우리가 잘못했어요! 그러나 한교훈의 질책에 우리가 반성한다고 해서 문교부 정책이 뒤바뀔 리 없으므로 대책 없는 상황이랄 수도 있었다. 우리는 마치 자신이 저지른 죄를 모르기 때문에 심판받아야 하는 카프카 소설의 주인공처럼 보이지 않는 법정을 찾아 복도를 헤맬 수밖에 없었다.

"나는 이 학교에 들어오기 위해 모든 걸 바쳤어. 너희는 뭐냐. 시험도 치지 않고 들어온 녀석들이잖아!"

그때였다. 교실 뒤쪽에서 누군가 부스스 일어났다. 평소 머리를 스님처럼 하얗게 밀고 다니는 괴짜였다.

"우리도 시험 쳤는데요."

"뭐야? 너희가 무슨 시험을 쳐?"

"연합고사요."

김원모의 대꾸에 우리는 웃지도 못했다. 보통 때라면 손으로 책상을 두드리거나 실내화를 공중에 던져 한바탕 소란을 피웠을 테지만 어떤 웃음도 교실에 드리운 차가운 공기를 걷어내지 못했다. 1973년에 치른, 모의고사 수준에 불과한 연합고사가 명문고에 입학하는 조건이 아님을 모를 바보는 없었다. 그때 나는 보았다. 한교훈의 눈은 안경 너머에서 조금도 흔들리지 않았다. 그의 나이 17살, 시험도 치르지 않고 명문고에 들어온 자기보다 1살 어린 난입자들을 어떻게든 혼내줘야겠다는 사명감 외엔 아무런 생각이 없었다. 요컨대 그는 차별의 화신이었다. 김원모는 아마도 연합고사를 언급하고서 몇 마디 더 저항했던 거 같다. 그러나 그때 이후가 이상하게도 내겐 기억나지 않는다. 한교훈의 좌우에서 좌장처럼 서 있던 선배들이 가만히 있지는 않았을 텐데도 말이다. 휴식시간이 끝나고 김원모는 교실 바깥으로 끌려나가 체벌을 받았던가? 아니면

수업시간이 시작되었기에 한교훈 일당이 황급히 퇴각했던 것인가?

차별은 공존을 거절하겠다는 의사 표시이다. 차별을 시도하는 자로서는 상대방을 공동체에서 배제하겠다는 명백한 의사를 드러낸 셈이다. 물론 한교훈의 일방적 질책은 공동체를 함께하고 싶지 않은 후배들로 인한 혐오 표현이다.

그런데 놀라운 것은 차별당한 자의 반응이다. 교실에서의 불쾌했던 기억은 사회에 진입하면서 빠른 속도로 마모되기 시작한다. 교실과 사회가 별로 다르지 않기 때문이다. 먹고살기 위해 분투하는 동안 자신도 모르게 차별에 익숙해졌다. 심지어는 한교훈의 발언을 충고 정도로 여기는 동창도 있었는데, 그와 대화하면서 나는 박정희 시대에서 생산·유통된 권력의 훈시가 어떤 사람에게는 평생의 가르침일 수도 있다는 사실에 소름이 돋았다. 학교 운동장이나 강당에서 들었던 근면, 성실, 협동, 단결, 개발…… 타인과의 경쟁에서 이기기 위한 요건들이 머릿속에 박혀 경쟁에서 이긴 자, 권력을 쟁취한 승리자에게 이의를 제기해선 안 된다는 것을 불문율로 여기고 있었다. 패배자는 고달프더라도 손에 기름때를 묻혀야 하고, 아쉽더라도 변두리 아파트에 자족하며 현실을 수긍해야 마땅하다는 것이다.

계급에 관해서라면 윤금도 씨에게서 들은 얘기를 빼놓을 수 없다. 군대에 가면 계급이 높아야 정량을 먹거나 쌀밥을 먹을 수 있다고 윤금도 씨는 말했다. 병사의 계급으로는 절대로 불가능하다는 그의 발언은 내 동창들의 현실 수긍을 보건대 탁월한 식견이 아닐 수 없다.

계급은 영원하다. 인도에는 3천 년 전이나 지금이나 카스트 제도가 존재한다. 불변하는 계급을 신뢰해선지 끔찍하게 나쁜 역사라고 심판받은 사건을 뒤집으려 기도하는 세력도 있다. 태극기 집회에 빠지지 않고 등장하는 지만원 무리는 광화문 동화면세점 앞에 터전을 잡고서 북한의 남파 간첩이 선동해서 5·18 광주 사태가 발생했다는 확신을 심어주려고 불철주야 노력한다. 독일에서는 민족주의를 자처하며 신나치주의자들이 등장한 지 오래다. 그들은 단일민족 사회를 주장하며 인종 차별과 혐오를 숨기지 않을뿐더러, 유대인과 아시아인을 공격하고 살해하기까지 했다. 2차 대전을 겪은 세대가 주도적으로 일으킨 독일의 신나치주의는 70년대 후반부터는 급격한 세대교체를 보여준다. 놀랍게도 전쟁을 경험한 적 없는 청년

세대가 전면에 나서기 시작했다. 히틀러의 세계침략과 인종 개량이 히틀러를 전혀 본 적 없는 세대에게 세습되다니!

황교안이 청와대 앞에서 단식했을 때 주변에서 동조 단식이란 걸 하는 청년을 보았다. 그 자리에 또 한 청년이 있었다고 들었지만, 천막도 없이 담요로 온몸을 칭칭 감은 채 꽁꽁 언 추위를 버티는 한 사람만 눈에 띄었다. 털벙거지와 마스크 사이로 드러난 눈매가 생동생동했다. 그가 누군지 몰랐는데 나중에 지인을 통해 박결이라는 인물과 자유의 새벽이라는 정당에 대해 어대강 들을 기회가 생겼다.

박정희의 5.16구데타를 찬양하는 자유의 새벽당이 최근에 생겼다고 한다. 독일의 신나치주의처럼 인종 편견은 없지만, 상속제와 증여세 폐지, 국민연금 민영화, 노조 해산, 성소수자 차별금지법 폐지, 난민법 폐지를 주장하는, 이삼십대가 주축인 최초의 보수정당이라는 것이다. 무엇보다 반공을 내세우고 박정희의 쿠데타를 찬양하므로 네오파시즘 정당이라고도 볼 수 있다. 우리공화당과 유사하면서도 지지층으로 결집하려는 세대가 매우 다르다. 우리공화당이 박정희에 향수에 젖은 노년층에 접근해서 산업화 시대의 가치를 소환한다면, 자유의 새벽당은 당면한 현실을 신자유주의에 입각한 우파적 가치를 통해 바라본다는 측면에서 사뭇 결이 다르다. 우리한국당과 달리 광화문 태극기 집회에 본격적으로 나서지는 않지만, 자유한국당의 대정부 규탄대회에 박결이 연사로 나와, 공수처는 중국 공안이나 북한 보위부와 다름없고, 연동형 비례대표제는 간첩과 사기꾼도 국회의원이 되는 법이라고 맹비난했다.

그날 박결은 자유민주주의를 마음껏 누리고 있었다. 적어도 내가 보기엔 그랬다. 그가 박정희 시대의 계승을 선언했으므로 박정희를 기억하는 나로선 자신 있게 그렇다고 말해줄 수 있다. 박정희 독재에는 표현의 자유가 없었다. 광화문에 남아 있는 동아일보 옛 사옥은 박정희가 광고탄압을 통해 언론에 재갈을 물린 역사를 기억하고 있다. 그러나 박결뿐 아니라 광화문에서는 누구도 표현의 자유를 방해받지 않는다. 다만 그들이 꿈꾸는 박정희 시대에서 40년이란 시간이 흘러 되돌아가기 쉬워 보이지 않을 뿐이다. 그도 그럴 것이, 박정희 독재의 피해자 동아일보조차 보수언론을 대표하는 신문으로 변신했으니까.

나는 박정희 시대의 키즈가 맞다. 내 성정 때문인지 초지일관 박정희를 부정해왔지만, 박정희가 견인한 대한민국의 산업화만큼은 이제라도 인정해줘야 할 것 같다. 내 세대뿐 아니라 그 방면만큼은 박정희를 인정하는 세대가 폭넓게 형성돼 있다. 앞으로도 박정희의 경제 개발 청사진만큼 일사불란한 성과를 이룬 사례를 보기는 어려우리라 입을 모은다. 초고속경제발전 시대를 기억해선지 민주주의 정권이 들어서 경제가 갈팡질팡할 때마다 박정희를 소환한다. 그리하여 저성장이 선진국의 보편적인 현상임을 인정하지 않으려는 무한 욕망이 그의 딸 박근혜를 대리인으로 불러왔다. 결과는 매우 좋지 않았다. 무능한 대통령이라는 정체를 드러내면서 탄핵당했기 때문이다.

태극기부대 사람들은 그녀의 석방을 외친다. 그녀가 부활하여 국민들이 3년 전 그녀의 공화국으로 되돌아간다면 행복해질까. 아니, 그녀의 아버지인 박정희가 재림하여 40년 전으로 돌아간다면 대한민국 경제가 활화산처럼 초고속성장의 신화를 재현할까. 정말 그렇게 믿는 사람이 있다면 그들은 민주주의 공화국 국민이 아니라 절대 교주를 모신 신도일 것이다. 단언컨대 아무도 그 시절로 돌아가지 않으리라 확신한다. 아무리 세종대왕이 아무리 성군이라 해도 그 시대로 돌아가 농사를 짓거나 훈민정음의 가갸겨고를 새로 익힐 사람은 아무도 없을 것이기 때문이다. 미래보다 더 소중한 과거는 없다. 그런데도 대안 없이 광화문을 누빈다면 자신이 바라는 세상이 아니라는 이유로 세상을 바꿔야 한다고 외치는 억지 아닐까. 김재규가 죽은 지 40년이 지나도록 민주주의가 제대로 뿌리 내리지 못한 현실을 광화문에 가면 직면할 수 있다. 그들은 미래가 다시 오지 않을 것처럼 현재를 희화화하며 마음껏 자유민주주의를 누리고 있다. 통수권자를 향한 쌍욕을 권위주의 타파로 여기며, 그 타파된 권위의 자리에 차별과 혐오를 쏟아붓는다. 공익을 앞세워야 할 정치인의 연설이 다가올 총선을 의식한 사욕으로 바뀐다. 청중들은 '문재인을 때려죽이자'며 환호하고, 신도들은 아멘, 할렐루야를 외치다가 아부렐레 에벌레 공수를 쏟아낸다. 술 취해 고성방가하는 노인도 있다. 다만 형사처벌이 두려워 폭력을 삼갈 뿐, 피를 흘리는 내전으로 비화하기 직전의 광적 모습을 언뜻언뜻 보여준다.

나는 태극기부대를 경멸한다. 그러나 그들이 살았던 시대를 깡그리 부정하고 싶지는 않다. 그들의 잘못이 아니라 시대가 잘못됐다는 말로 그들을 옹호하고도 싶다. 그들을 친일파나 미 제국주의의 옹호자로 밀어붙이는 것이나, 그들로부터 빨갱이 소리는 듣는 것이나 동일한 차원의 갈등만 불러올 뿐이다. 식민지근대화론 같은 소모적 가설은 차단하되, 미래의 역사에 화해와 공존이 들어서도록 진보와 보수는 불편하더라도 동거를 계속해야 한다. 차 벽과 물대포가 사라졌다. 박근혜가 탄핵당한 것으로 충분하다고 이 정권은 생각하는 것 같다. 광포한 무리지만 박근혜를 추종하는 태극기부대에게 공존할 권리를 주겠다는 뜻으로 이해해도 좋을까? 정말 그렇다면 입시 불공정과 부동산 폭등보다 훨씬 다루기 어려운 과제를 문재인은, 비록 아슬아슬하지만 참을성 있게 풀어내고 있는지 모른다.

촛불은 조용히 타올라 어둠을 밝힌다. 지난 촛불집회는 총과 탱크를 동원하지 않더라도 혁명에 가까운 변화가 생길 수 있다는 사실을 보여주었다. 그렇지만 한국 역사의 질곡은 일종의 대물림에 가깝다. 조용히 타오르는 다수의 힘이 능사가 아님을 현실로서 증명하고 있으니 말이다. 나쁜 조짐이 미투에서 나타났다. 80년대 운동권 세대라고 부르는 정치인들의 위선이 드러난다면, 그것은 다른 정치 세력의 부정부패와는 차원이 다르다. 그들 세대에게는 법적인 차원과는 격이 다른 도덕적 기대를 걸었기 때문이다. 그놈이 그놈이야. 이미 한국 정치판을 비웃는 상투어가 나도는 형편이다. 그들이 무죄판결을 받더라도 기대의 절반은 손상된 상태이지 않을까. 특히 교육 문제에 민감하기로 우리나라는 세계 최고다. 프랑스의 사회학자 피에르 부르디외(Pierre Bourdieu)가, 교육은 사회적 불평등을 재생산하고 정당화한다고 주장했던 게 반세기 전의 일이다. 교육이 사회적 불평등을 해소한다고 믿을 근거는 우리나라에도 없다.

지난 총선에서 촛불로 탄생한 현 정권이 압승했다. 더불어민주당이 잘해서가 아니라 코로나19가 변수를 제공했다. 여론조사는 수시로 흔들린다. 문재인 대통령을 옹립한 촛불도 바람에 흔들릴 수밖에 없다. 투표로 선택한 정당이 끊임없이 부정되는, 이 경망스러운 현상을 뭐라 정의해야 할까. 대한민국은 세계에서 그 유례를 찾기 어렵게 대통령이 모두 감옥에 가거나 자살로 생을 마감한 나라다. 어쩐지 문재인 대통령이 호랑이 등을 타고 바람을 헤쳐나가는 형국은 아닌지 걱정스럽다.

주말마다 광화문에서 노인들은 화를 낸다. 과거가 현재를 향해 자리를 돌려달라고 삿대질을 한다. 우파 보수주의를 자처하면서 대한민국 임시정부의 수립조차 이의를 제기하는 정치인에게 노인들은 여전히 쓸모있는 존재였다. 우환 발 코로나19가 스텔스처럼 조용히 다가와 사람들이 아무것도 보이지 않는 공기를 휘둥그레 바라보기 전까지는.

　내가 광화문 태극기 집회를 마지막으로 구경한 날도 그들은 변함없이 눈에 핏발을 세워 '문재인 탄핵'을 외쳤고, 태극기와 성조기와 이스라엘기를 흔들며 보무당당하게 청와대로 향했다. 태극기부대는 다가오는 총선에 필승을 다짐했다. 그날 나는 감기에 걸렸는지 몸살기로 으스스했다. 혹시 그 코로나 바이러슨지 뭔지에 걸린 건 아닐까? 그때까지만 해도 나를 포함해서 사스나 메르스처럼 잠시 머무는 손님으로만 알았지 아무도 코로나 팬데믹까지는 예상하지 못했다. 빨갱이 문재인이 마스크 쓰기와 사회적 거리두기를 재빨리 실천해서 세계가 칭송하는 '방역대왕'으로 등극하고, 그 영광이 총선 대승까지 이어지리라고 누가 정말 생각이나 했겠냐고! 가로수에 기대어 섰는데 시위하는 소리가 수천수만의 매미 떼 울어대는 소리처럼 와글거렸다. 껍질만 남도록 울음을 멈추지 않을, 그 처절한 구국의 대열에 참여한 정칠성 씨, 윤금도 씨, 박공팔 씨, 이순례 씨, 김진희 씨가 차례로 떠올랐다. 어쩌면 학도호국단장 한교훈 씨도 다섯 명 못지않게 필경 어디선가 애국심에 불태우고 있을 것이다. 오직 정치만이 그들을 고독하게 살도록 내버려 두지 않을 것이란 생각이 들었다. 정치가 그들의 일용할 식재료이며 생활필수품이다. '문재인이 무얼 잘못했는지 모르겠지만 외롭지 않아서 좋았다'고 고백한 박공팔 씨 목소리가 어디선가 들려오는 듯했다. 그러나 광화문이라는 정치 광장에서 나와 골목길로 들어서면 누구나 가족과 결별하고 살면서 자신의 고독을 완강히 지켜내는 푸른대문집 노인을 닮지는 않을까. 누구에게도 자신을 찾지 말라면서.

현기증이 나서 가로수 아래 오래 서 있을 수 없었다. 사실 아무리 구경삼아도 태극기부대를 지켜보기란, 내겐 적지 않은 부담이고 스트레스였다.

광화문을 나와 원서동으로 가는데 갑자기 확 늙어버린 기분이었다. 원서동 언덕길을 오를 때는 20년을 훌쩍 늙어서 푸른대문집 노인처럼 가까스로 걸음을 옮겨야 했다. 그때였다. 초로에 들어선 한 여자가 머리를 불불이 날리며 미친 듯 언덕에서 뛰어 내려오고 있었다. 화장기 없는 민낯에 눈물이 범벅이었다.

"우리 해리, 우리 해리가 없어졌어요!"

곁을 지나면서 여자가 울부짖듯 내게 말했다. 나는 잠시 어리둥절했다가 곧 반려견을 잃어버린 상황임을 눈치챘다. 사월이었다. 봄볕이 쨍쨍하고 꽃들이 경쟁하듯 타오르는데도 동네가 이상하게 조용했다. 여자는 허둥지둥 언덕 아래로 내려가 아무도 없는 빈 골목에 대고 외쳤다.

"우리 해리가 없어졌어요. 누구 우리 해리 못 봤나요?"

홍파동 홍난파 가옥

낮은 창문 앞에 서다

초판 1쇄 발행 2020년 11월 15일

지은이 고원영
발행인 고영창
편　집 김은영
인　쇄 동서문화

주소 서울시 종로구 창덕궁 1길 39(계동)
전화 02-720-7455
팩스 02-912-2459
블로그 https://blog.naver.com/rainytrees
페이스북 https://www.facebook.com/oneyoung2010

발행처 지유서사
출판등록 2013년 3월 21일(제2018-000113호)

ISBN 979-11-950847-6-0-03810

※이 책은 서울시와 서울산업진흥원에서 추진, 전담하고 서울인쇄정보산업협동조합에서 운영하는
　서울 을지로인쇄소공인 특화지원센터의 우수출판 콘텐츠 지원사업에서 지원받아 제작했습니다.